Lea Busch

Blue Memories

Für alle, die die Hoffnung
nicht aufgeben.

E-Mail: leabusch01@web.de

Instagram: autorin.leabusch

TikTok: autorin.leabusch

Wattpad: rainbow_rays

Playlist

Left Alone – Sleeping With Sirens

Cold Water – Michael Blackwell

On A Night Like Tonight – Niall Horan

Imprint – Zayn

Calm Down – All Time Low

Wo Warst Du? – Casper

Lover Of Mine – 5 Seconds Of Summer

Falling – Harry Styles

Headline – Louis Tomlinson

Dead Boys – Sam Fender

Sorry – Halsey

More Than Words – Little Mix

Habit – Louis Tomlinson

1. Kapitel

Er wird wohl nie verstehen, wieso die Amis so auf Halloween abfahren. Klar, in England wird das auch gefeiert, aber nicht derart extrem. Er wohnt nun schon fast drei Jahre hier und nach wie vor ist diese Zeit für ihn seltsam. Er war nie ein großer Fan von Halloween, vielleicht liegt es auch daran. Halloween bedeutet, dass der Winter angebrochen hat und das bedeutet, dass Weihnachten nicht mehr fern ist. Er ist sich nicht sicher, ob er Weihnachten nicht mag. Manche Jahre war es ganz gut, in anderen war er froh, als der ganze Schmuck abgehangen und wieder normale Musik in den Läden und Kneipen gespielt wurde.

Inzwischen sind beide Feiertage ein fester Bestandteil seines Kalenders. Zum einen, weil sein Kollege Connor jedes Jahr eine Halloweenparty veranstaltet und man um Weihnachten sowieso nicht drumherum kommt, zum anderen, weil man diesen

Feiertagen einfach nicht ausweichen *kann*, wenn man im Marketing arbeitet. Man beschäftigt sich schon Monate vorher mit all diesen Sachen und daher zählt er die Tage am Kalender, bis der Alltag sich wieder normalisiert.

„Du hast mir immer noch nicht gesagt, ob du am Samstag dabei bist." Connor lässt sich gegenüber von ihm fallen und sieht ihn abwartend an.

Theo seufzt. „Muss ich wirklich kommen?"

„Wenn du so fragst, ja. Du hast sich letztes Jahr schon rausgeredet."

„Ich war krank."

„Und was hattest du?"

Theo presst die Lippen zusammen. Sie wissen beide, dass er lügt. „Du wirst meine Meinung zu Halloween nicht ändern."

„Lass dich einfach mal drauf ein."

„Mhm."

„Du wirst da sein. Und du wirst dich verkleiden."

„Ich weiß nicht als was."

„Wie wäre es denn mit Ebenezer Scrooge?"

Theo verdreht die Augen und lehnt sich nach hinten. „Arschloch."

„So redet man aber nicht mit seinen Kollegen."

„Wie gut, dass du nicht mein Chef bist. Du kannst mich nicht feuern", entgegnet Theo provokant. Connor ist bei der HR. Er hat damals das Vorstellungsgespräch mit Theo geführt und ihn eingestellt. Eine Woche später waren sie nach der Arbeit zusammen ein Bier trinken und haben gemerkt, dass sie auf einer Wellenlänge sind. Inzwischen ist Connor sozusagen Theos bester Freund. Theo würde das bestreiten, aber es ist so.

„Schön, ich werde da sein. Aber wehe, da gibt es kein vernünftiges Bier."

„Was soll ich machen? Bier aus Europa einfliegen lassen?", fragt Connor trocken, wissend, dass Theo das Bier hier nur akzeptiert und nicht wirklich gerne mag.

„Wenn du so fragst, gerne."

„Find dich damit ab, was da sein wird. Du kannst sonst gerne selbst etwas mitbringen."

„Man darf in die USA keine Lebensmittel einfach im Koffer einführen", antwortet Theo unzufrieden. Er hat schon oft überlegt, sich nicht einfach Bier aus England zu bestellen. Es ist nie dazu gekommen.

Am Ende des Tages sitzt Theo tatsächlich vor dem Laptop auf dem Sofa und überlegt, als was er sich verkleiden könnte. Hier in den USA ist es nicht wie in England und man verkleidet sich als etwas Gruseliges. Vampir? Langweilig. Zauberer? Auf Connors Party werden wahrscheinlich mindestens zehn Leute als Harry Potter verkleidet sein. Geist? Vielleicht, dann geht er einfach nicht hin. Er seufzt und trinkt einen Schluck Bier. Erst, als er später unter der Dusche steht, hat er eine Idee. Im Handtuch bekleidet schnappt er sich sein Handy und sucht nach den Sachen, die er dafür braucht. Alles preislich in Ordnung und es kommt noch pünktlich an.

Die Party beginnt um acht Uhr. Theo schlägt um neun dort auf. Er möchte nicht der Erste sein. Vielleicht hat er auch nur etwas länger vor dem Spiegel gestanden, als er geplant hatte. *Nicht, dass das einen Grund hätte.* Connor öffnet die Tür. „Du bist tatsächlich hier."

„Soll ich wieder gehen?"

„Das war positiv gemeint", antwortet Connor und Theo tritt ein.

„Du hast dir die Haare nur Schwarz gemacht, was ist das für ein Kostüm? Scrooge hatte graues Haar", fragt Connor irritiert und folgt Theo in die Küche. Er nimmt sich dort ein Bier aus dem Kühlschrank.

„Ich bin Danny Zuko."

„Was?"

„Aus Grease."

„Nie gesehen."

„Ich denke immer schlechter von dir", antwortet Theo trocken und Connor grinst. „Als wäre das etwas Neues. Also wieso dieser Daniel Ziko?"

„Danny Zuko", korrigiert Theo ihn sofort. „Ich habe bei Grease in der Schule mitgespielt und war dort Danny."

„Du? In einem Theaterstück?"

„Musical."

„Niemals."

„Dann glaub es eben nicht", antwortet Theo schulterzuckend und denkt daran zurück, wie sehr er sich gefreut hat, als er diese Rolle bekommen hat. Das ist bald schon zwanzig Jahre her. *Meine Güte, er ist alt geworden.*

Er fühlt sich tatsächlich wohl. Er steht nicht auf Halloween, aber er mag Partys doch ganz gerne. Irgendwann ist es ihm egal, dass hier alle in Verkleidungen herumrennen. Matt stellt sich zu ihm. Er kennt ihn auch durch die Arbeit. Er arbeitet in der IT-Abteilung.

„Hätte nicht gedacht, dich hier zu sehen."

„Ist das jetzt gut oder schlecht?"

Er sieht an Theo herab. „Gut." So offensichtlich wurde er lange nicht mehr angeflirtet.

„Du hast dich als Danny Zuko verkleidet?"

„Man kennt Grease in New York also doch?"

„Wer kennt dieses Musical denn nicht?"

„Connor."

Perplex sieht er Theo an. „Ernsthaft?"

„So habe ich auch geschaut", lacht Theo und trinkt einen Schluck von seinem Bier.

„Ich finde, du gibst einen sehr guten Danny ab."

„Vielen Dank. Dein Kostüm ist auch nicht schlecht." Er ist Indiana Jones, mit Hut und Lasso und allem Drum und Dran.

Matt ist nett. Niemand in den Theo sich verlieben würde, aber wer sagt, dass das für eine gut laufende Nacht sein muss. Je länger sie sich unterhalten, desto wahrscheinlicher kommt es ihm vor, dass sie diese Party gemeinsam verlassen werden. Vielleicht ist dieser Abend doch nicht so schlecht.

„Wer spielt mit Bierpong?"

Theo dreht sich um. Eigentlich redet er gerade mit Connor, aber bei Bierpong lehnt er niemals ab.

„Bin gleich da", antwortet er Matt.

„Spielst du mit?", fragt er Connor, aber dieser winkt ab. „Ohne dein Ego stärken zu wollen, gegen dich kann ich sowieso nicht gewinnen."

„Ich könnte dich gewinnen lassen", merkt Theo an.

„Würdest du nicht."

„Stimmt, würde ich nicht", grinst er und geht aus der Küche ins Wohnzimmer. Der Tisch mit den Bechern ist schon aufgebaut. Matt füllt gerade die Becher auf.

„Teams?", fragt jemand anders, der offenbar auch mitspielt. Theo glaubt, es ist ein Freund von Connor.

„Klar. Ihr zwei gegen Theo und mich", antwortet Matt. Theo nickt und tritt neben Matt an den Tisch.

„Ihr fangt an", sagt er siegessicher. Er ist ziemlich gut in Bierpong. Das liegt vielleicht daran, dass er es in seiner Studienzeit ziemlich oft mit seiner damaligen Freundesgruppe gespielt hat. Sie haben relativ schnell nach Studienbeginn eine Kneipe nahe der Uni für sich entdeckt, wo einmal die Woche ein Bierpongturnier stattgefunden hat.

Sie treffen einmal. Matt trinkt. Dann wirft er den ersten Tischtennisball. Er trifft nicht einmal den

Tisch. Theo verdreht die Augen und trifft einen der hinteren Becher.

„Du bist gut", bemerkt Matt überrascht.

„Danke", lächelt Theo und sieht zu, wie einer seiner Gegenspieler den Becher leertrinkt.

Theo muss feststellen, er ist nicht so viel besser als die beiden anderen Kerle. Und Matt ist echt schlecht in diesem Spiel.

„Ohne dich würde ich haushoch verlieren", lacht er irgendwann betrunken.

Theo grinst. „Was du nicht sagst."

Auf Theos und Matt Seite stehen noch zwei Becher, auf der anderen Seite noch einer. Das klappt schon, sagt Theo sich und nimmt sich den Tischtennisball.

„Du schaffst das", sagt Matt und legt Theo eine Hand auf die Schulter. „Du willst nur nicht werfen, weil du sowieso nicht triffst", antwortet Theo ihn provokant. „Stimmt nicht, ich habe gerade getroffen."

„Einmal. Im ganzen Spiel", antwortet Theo ihm grinsend und zielt. Der erste Wurf geht daneben. Theo flucht leise. Matt stellt sich näher zu ihm. Theo atmet tief durch und wirft den zweiten Ball. Er trifft.

„Ich wusste, das wird was", hört er Matt sagen. Theo dreht sich zu ihm und sieht, dass Matt schon zwei Shots aus der Küche geholt hat.

„Warst du dir so sicher, dass wir gewinnen werden?"

„Wir hätten auch trinken können, wenn wir verloren hätten", antwortet Matt nur und sie stoßen an. Theo kippt den Shot herunter und merkt langsam, aber sicher, dass er sich hier doch ganz wohl fühlt.

„Gewonnen?", fragt Conner und kommt auf die beiden zu.

„Natürlich", antwortet Theo ihm zufrieden. Conners Blick fällt auf die Hand von Matt, die nach wie vor auf Theos Schulter liegt. Conner hat Theo letztens schon gefragt, ob zwischen ihm und Matt etwas läuft, aber eine richtige Antwort hat Theo ihm nicht gegeben. Er hat nie etwas getan, das über flirten hinausgegangen ist. Ob es heute anders sein wird?

Er denkt nicht weiter drüber nach und ein wenig später spürt er den Alkohol in seinem Blut schon mehr als noch beim Bierpong. Matt stellt sich zu ihm und nimmt sich ein neues Bier aus dem Kühlschrank. Er sieht Theo an. Matt kann gut flirten, dass muss man ihm lassen, aber Theo fühlt sich nur bedingt wohl. Matt kommt ihm näher. Wäre es nicht

Matt, würde Theo ihn wohl küssen und später mich zu sich nehmen. Was ist schon gegen belanglosen Sex zu sagen?

Theo weiß nicht, was mit ihm los ist. Oder besser gesagt, er redet sich ein, dass er nicht weiß, was mit ihn los ist. Es liegt nicht an Matt, nicht direkt zumindest. Theo mustert seinen Gegenüber. Es spricht nichts dagegen, mit ihm ein wenig Spaß zu haben.

Er seufzt genervt. Nur weil er jetzt drei Jahre in New York ist, muss er nicht nostalgisch werden. Es war gut, dass er gegangen ist. Er hätte nicht in London bleiben können. Er wäre ihm sonst garantiert ständig über den Weg gelaufen. Matt kommt ihm näher. Er will ihn küssen, das erkennt Theo auch betrunken. Fuck, wieso muss er derart an der Vergangenheit hängen? Sonst schafft er es doch auch, diese Gedanken zu verdrängen.

„Theo!" Irritiert sieht er nach links. Connor steht dort mit dem Handy am Ohr. Die Musik ist ausgeschaltet und er greift nach der Fernbedienung.

„Was ist?"

Matt und Theo gehen zu Connor.

„Scheiße, ich glaube… wohnst du da nicht?"

Er hat den Fernseher angeschaltet. Nachrichten laufen.

BREAKING NEWS:
WOHNHAUS IN MANHATTAN IN FLAMMEN:
VERDACHT FÄLLT AUF HALLOWEEN-
STREICH

Theo wird eiskalt. Da wohnt er. Das ist sein Wohnhaus. Es brennt wie Zunder. *Oh Gott.*

„Ich fahre mit dir hin", entscheidet Connor und bringt ihn aus der Tür.

Vor Ort sieht es noch schlimmer aus, als es im Fernsehen ein Anschein gemacht hat. Dicke, schwarze Rauchwolken ziehen nach oben und überall stehen Feuerwehr und Polizeiwägen. Feuerwehrleute laufen umher, löschen und Sanitäter kümmern sich um die Verletzten.

„Wie gut, dass ich auf deine Party gekommen bin", bringe Theo heraus und lacht bitter. Connor findet es nicht witzig. Es fängt irgendwann an zu regnen. Da stehen sie bestimmt schon eine Stunde hinter der abgesperrten Zone. Sie wissen beide, dass von Theos Sachen nicht mehr viel übrig ist. Wie sollte es auch? Seine Wohnung und die vieler anderer Leute wird vollkommen ausgebrannt sein. Alles ist weg.

„Du kannst bei mir pennen", sagt Connor dann, als das Feuer langsam gelöscht ist.

„Danke", murmelt Theo immer noch geschockt. Er hat nicht mehr. Nur noch dieses Danny Zuko Outfit. Er hat sein Handy und sein Portemonnaie. Und es geht ihm gut. Das ist das Wichtigste. *Es geht ihm gut.* Er zieht sein Handy aus der Tasche und schreibt in die Gruppe mit seiner Familie.

Theo:

Hi. Ich weiß nicht, ob ihr das in England mitbekommen werdet, aber in Manhattan ist ein Wohnhaus abgebrannt. Ich war auf Connors Party, mit geht es gut, aber meine Wohnung ist dahin. Ich melde mich die Tage, wenn ich die Versicherung erreicht habe. Ich penne erst einmal bei Connor.

Er hasst es, dass er diese Nachricht an seine Familie schicken muss. Seine Mutter mach sich sowieso immer viel zu viele Sorgen um ihn.

Eine Feuerwehrfrau kommt zu ihnen. „Wohnen Sie in diesem Haus?"

„Ja. In Apartment 7b", antwortet Theo ihr. Sie sieht ihn mitleidend an. „Es tut mir sehr leid, aber fast alle Wohnungen sind ausgebrannt. Noch ist nicht klar, ob das Gebäude sicher ist und betreten werden darf. Es wird vermutlich die ganze Nacht dauern, bis ich Ihnen dazu eine Antwort geben kann."

Theo nickt verstehend. Er hasst es, aber er weiß, dass die Feuerwehr ihr Bestes getan hat.

„Können Sie… also ich habe einen Tresor und vielleicht…"

„Ich frage meine Kollegen, ob jemand nachschauen kann", antwortet die Frau ihm, lächelt kurz und geht dann wieder zu ihren Kollegen. Theo und Connor sehen, wie sie etwas in ihr Funkgerät sagt, hören sie aber nicht mehr.

„Was ist in dem Tresor?"

„Mein Visum", antwortet Theo knapp. „Und Fotos von früher." Er hat sie nicht auf dem Handy. Von diesen Fotos gibt es je nur eine einzige Kopie und die sind in diesem Tresor. Er will es nicht zu nah an sich heranlassen. Er möchte diese Kälte und Hilflosigkeit nicht spüren. Es ist nur Papier. Es ist nur bedrucktes Papier, dass seit seinem Einzug in diese Wohnung unberührt in dem Tresor liegt.

Connor bleibt bei ihm. Theo und er sitzen auf dem Gehweg, noch eine Stunde. Dann sieht er einen Feuerwehrmann aus dem Gebäude kommen. Er trägt eine schwarze Kiste. Sie sieht unversehrt aus. Er springt auf und ist kurz davor, diese Absperrung einfach zur Seite zu schieben. Der Mann sieht es und schlägt den Weg zu ihm ein.

„Ich schätze, diese Kiste gehört ihnen?"

„Hat der Tresor gehalten?"

„Sie hatten sehr viel Glück, dass ihr Modell feuerfest war. Alles andere in der Wohnung ist leider dahin."

Theo nickt verstehend und sieht auf die Kiste. Der Feuerwehrmann gibt sie ihm.

„Vielen Dank. Das… danke."

„Kein Problem"

Theo geht zurück zu Connor. Er traut sich nicht, die Kiste zu öffnen.

„Soll ich schauen?", bietet sein bester Freund an. Theo schüttelt den Kopf. Niemand soll diese Fotos sehen. „Nein, schon gut."

Er öffnet sie. Dann erinnert er sich daran, dass er über die Fotos ein weißes Blatt Papier gelegt hat. Er muss sie nicht betrachtet. Nur das Visum liegt oben und es scheint nichts passiert zu sein. Es sieht aus wie immer. „Es ist alles gut."

„Freut mich für dich", lächelt Connor ehrlich und steht auf. „Wir sollten langsam wieder zu mir. Matt hat mir geschrieben, dass dort niemand mehr ist. Wir sollten beide schlafen."

2. Kapitel

Theo fällt todmüde auf das Sofa. Connor lässt ihn schlafen. Er hat ihrem Chef schon Bescheid gesagt, dass Theo am nächsten Tag nicht zur Arbeit kommen wird. Theo hat er dann eine Nachricht geschrieben und sich selbst auf den Weg gemacht. Also wacht Theo allein auf. Er frühstückt spärlich und nimmt sich Connors Passwort. Er hat das Passwort auf seinem Schreibtisch liegen und sicher nichts dagegen, dass Theo den Laptop benutzt. Er möchte es gar nicht googeln, aber er muss. *Wohnungen, Manhattan.*

Zu teuer, zu klein, wieder zu teuer. Das letzte Mal hatte er mehr Glück als Verstand. Er hat die Wohnung zufällig gefunden und bekommen, aber er weiß, dass das jetzt deutlich schwieriger wird. Garantiert. Er sucht den ganzen Vormittag. Es wird nicht besser. Seufzend öffnet er einen neuen Tab.

Flüge New York – London.

Zumindest da wird er fündig. Theoretisch weiß er, dass er sich nicht leisten kann, nach Hause zu fliegen. Er hat nichts mehr, gar nichts mehr, aber er will Weihnachten nicht in New York verbringen. Er hat seiner Mum versprochen, über die Feiertage zuhause zu sein. Er bucht die Flüge. Er wird am 22. Dezember in London landen. Dann setzt er sich mit seiner Versicherung auseinander. Natürlich haben sie schon von dem Brand erfahren. Es ist besser, als er angenommen hatte, aber er wird ordentlich dazu zahlen müssen.

Kurz bevor Connor von der Arbeit kommt, sieht er weiter im Internet nach Wohnungen. Er findet eine. Sie ist, schön, groß, hell und nicht zu teuer.

„Das kann niemals echt sein", murmelt er.

„Was kann nicht echt sein?", fragt Connor und geht zu Theo ans Sofa. Er sieht auf den Bildschirm. „Die sieht schön aus."

„Und bezahlbar", antwortet Theo euphorisch.

„Mhm. Und die ist in London."

„Was?"

„Da. Die ist in London."

Verdammt, tatsächlich. Theo stöhnt genervt und klappt den Laptop zu. „So eine scheiße."

„Du hast nicht danach gesucht?"

„Nein, ich… doofer Algorithmus. Ich habe Flüge nach London gebucht für Weihnachten", versteht er und verdreht die Augen. „Ich werde bestimmt nicht zurück nach London ziehen. Ich habe da doch überhaupt keinen Job", meint er.

Connor sieht ihn schulterzuckend an. „Du würdest bestimmt einen bekommen."

„Willst du mich loswerden?"

„Nein, natürlich nicht. Ich meine ja nur."

Er wird garantiert nicht zurück nach London ziehen. Theo sitzt wenige Tage später endlich wieder hinter seinem Schreibtisch. Er sieht sich um. Er mag diese Arbeit, er mag seine Kollegen – manche zumindest – und er mag New York. Nicht so sehr wie London, aber er ist zufrieden mit seinem Leben hier. *War er*. Vorgestern hat er viel zu viel Geld ausgegeben, um das Nötigste an Kleidung zu haben.

„Wir gehen heute Abend einen trinken."

„Was?"

„Es ist Freitag und du musst mal wieder raus. Wir zahlen."

„Wer ist *wir*?", will Theo irritiert wissen und sieht Connor fragend an.

„Matt, Oli, Mary und ich", antwortet er ihr. Mary arbeitet mit Connor zusammen und Theo versteht sich ganz gut mit ihr. Er ist sich sicher, dass Mary und Connor mal etwas miteinander hatten, aber Connor streitet das ab.

„Okay."

„Keine Widerworte?", fragt Connor erstaunt. Theo schüttelt den Kopf. „Nein. ich bin dabei." Er ist die ganzen letzten Tage schon frustriert. Er findet keine Wohnung. Er ist inzwischen zu zehn Besichtigungen gegangen, aber in New York eine Wohnung zu bekommen ist unwahrscheinlicher, als im Lotto zu gewinnen – zumindest fühlt es ist im Augenblick so an.

Er schläft gut auf Connors Sofa, so ist es nicht, aber er weiß, dass er nicht ewig dort wohnen kann. Connor würde ihn zwar lassen, aber Theo braucht eine eigene Bude. Das Erste, was er sich kaufen wird, ist ein neuer, feuerfester Tresor. Theoretisch hat er den alten noch, aber der ist außen voller ruß und den Brandgeruch wird er wohl auch nie mehr loswerden.

Sie treffen sich in einer kleinen Bar nicht weit von Connors Wohnung. Theo bestellt sich direkt einen Burger. Er hat die Mittagspause damit verbraucht, sich noch eine Wohnung anzusehen und noch eine Absage zu kassieren. Matt hat sich ihm gegenüber gesetzt. Sie haben sich seit einer Woche nicht mehr gesehen. Er flirtet, aber Theo ist nicht danach. Er im Augenblick hat zu viel im Kopf, als dass er sich von Matt abschleppen lassen möchte. Tja, letzte Woche hätte das noch anders ausgesehen.

„Wir hören uns übrigens alle um – wegen Wohnungen, meine ich", sagt Mary auf einmal. Theo sieht sie überrascht an. „Wie, alle?"

„Naja wir, ein paar andere aus der HR auch."

Theo lächelt. „Das ist lieb von euch."

„Wir werden schon etwas finden. Du musst Connor nicht ewig ertragen."

„Ey! So schlimm bin ich gar nicht."

„Liegt im Auge des Betrachters", grinst Theo und trinkt sein Bier. Es tut gut, wieder rauszukommen, mal an etwas anderes zu denken.

„Vielleicht ziehe ich einfach wieder nach England", meint Theo irgendwann. Sie sind alle ziemlich angeheitert.

„Er hat sogar schon eine Wohnung dort", bemerkt Connor und deutet dem Kellner, noch eine Runde zu bringen.

„Stimmt doch gar nicht. Außerdem ist die garantiert nicht mehr frei", widerspricht Theo ihm. Connor zuckt mit den Schultern und zieht sein Handy aus der Tasche. „Das lässt sich herausfinden."

London. Es ist nicht so, als hätte Theo nicht jeden einzelnen Tag seit dem Brand daran gedacht. Jedes Mal, wenn er die Kiste sieht – und das ist im Augenblick ziemlich oft, da sie neben dem Sofa steht – denkt er an London. Er könnte dorthin zurückkehren. Vielleicht. Sollte er? Er weiß es nicht.

„Hier, sie ist noch frei!", unterbricht Connor seine Gedanken.

„Wie hast du das denn jetzt so schnell gefunden?", fragt Mary irritiert. Auch Theo versteht nicht, wie Connor das geschafft hat.

„Er hat es auf meinem Laptop gesucht. Mein Browserverlauf synchronisiert sich mit meinem Handy", erklärt er, als wäre das selbstverständlich.

„Klar, was sonst", antwortet Theo und sieht auf Connors Handy. Es liegt in der Mitte des Tisches.

„Die Wohnung ist wirklich schön", bemerkt Matt und sieht zu Theo. „Aber du willst doch nicht ernsthaft ans andere Ende der Welt ziehen, oder?"

„Wäre nicht das erste Mal", antwortet Theo nur murmelnd und zuckt mit den Schultern. „Ich mag

London schon. Und ich wäre näher an meiner Familie."

„Und dein Job?", fragt Matt missmutig.

„Gib mir eine Sekunde", grinst Mary und nimmt sich ihr Handy. Theo achtet da gar nicht richtig drauf.

„Es wäre bescheuert, oder? Bestimmt. Das wäre total dumm", denkt Theo laut. „Aber in London gibt es vernünftigen Tee und richtiges Bier."

„Das sind deine Argumente?", lacht Connor.

„Was dagegen? Bier und Tee sind wichtige Nahrungsmittel", betont Theo und meint es dabei vollkommen ernst. So ernst, wie ein Betrunkener es meinen kann.

„Ha! Ich hab was!", grinst Mary und gibt Theo ihr Handy. „Einen Job für einen Verlag. Sie suchen neue Leute für das hauseigene Marketing. Sie bezahlen gut und sie sitzen in London." Theo sieht auf die Stellenausschreibung. Irgendwie sieht es verlockend aus.

„Und? Ich kann mich da wohl kaum bewerben — oh, kann ich doch", bemerkt er. Es geht direkt auf der Website.

„Das machst du doch jetzt nicht wirklich, oder?", fragt Matt perplex und sieht Theo mit großen Augen an.

„Doch! Und wie!", widerspricht Theo. Er kann es nicht leiden, nicht ernst genommen zu werden. Matt hat ihm gerade genau dieses Gefühl gegeben. Mehr oder weniger vernünftig klingt der Text, den er kurzfristig schreibt. Er fügt alles hinzu, nur eine Zeugnisse und Abschlüsse nicht. Er schreibt einfach, dass er sie nachreichen wird, weil seine Wohnung leider abgefackelt ist. Ist ja nicht so, als wäre das nicht die Wahrheit. Allerdings sind die wichtigen Unterlagen alle in der schwarzen Kiste. Sie sind unter den Fotos.

„Und was jetzt? Willst du doch etwa auch noch auf die Wohnung bewerben?", fragt Matt und verschränkt die Arme vor der Brust. „Das ist dumm, Theo. Das ist in *London*."

„Das ist mein Zuhause!", antwortet Theo ihm patzig und schnappt sich Connors Handy.

„London ist eh viel besser als New York", grinst er und bewirbt sich auf die Wohnung. Er muss dreimal seine E-Mail-Adresse eintippen, um es fehlerfrei hinzubekommen, aber schließlich klappt es. Connor beobachtet ihn skeptisch. Ob das alles so eine gute

Idee ist? Theo ist begeistert. *Es ist die beste Idee seit langem.*

Zufrieden lehnt er sich nach hinten und trinkt sein Bier. Mary bestellt eine Runde Shots. Matt ist der Einzige am Tisch, der vollkommen unzufrieden scheint.

„Was? Ich bin nicht aus der Welt. Nur in London", meint Theo zu ihm.

„Das ist ziemlich weit weg."

„Und?", fragt Theo und mustert Matt. Sein Blick schreit die Antwort. *Da kann er ihn nicht abschleppen.* Theo schmunzelt. Sein Ego hat genau das gebraucht.

„Ich werde euch besuchen", verspricht er. „Und ihr werdet alle nach London kommen und richtiges Bier mit mir trinken."

3. Kapitel

Sehr geehrter Mr Dawson,

uns hat ihr Exposee zu ihrem neuen Roman sehr gefallen. Leider müssen wir ihnen mitteilen, dass ein Werk dieser Art aktuell nicht in unseren Katalog passt. Wie Sie wissen, hat sich unser Verlag auf Thriller und Horror spezialisiert, weswegen wir uns dazu entschieden haben, ihren Roman abzulehnen. Wenn Sie in Zukunft weitere Thriller schreiben, heißen wir Sie sehr herzlich bei uns Willkommen…

Seufzend schließt Hayes den Laptop. Natürlich musste das passieren. Es wäre ja auch undenkbar, dass sein bisheriger Verlag einen Liebesroman veröffentlicht, wo kommt man denn dann hin. Dass es nicht ganz so einfach ist, weiß er. Theoretisch. Dennoch hatte er gehofft, das der Verlag ihm zuliebe eine Ausnahme machen würde. Er hat schon acht Bücher dort veröffentlich – ziemlich erfolgreich muss man wohl sagen. Er ist einer der wichtigsten Autoren für dieses Unternehmen und trotzdem bügeln sie ihn einfach mit so einer E-Mail ab. Er sieht auf den Stapel Notizen, der die Hälfte seines Schreibtisches füllt. Vor ein paar Wochen kam ihm die Idee. Der Roman ist so gut wie fertig, nur einen Verlag hat er nicht.

Inzwischen hat er bei drei verschiedenen Verlagen veröffentlich. Er mag es nie, sich neu auf die Suche zu machen, aber weiß, dass ihm nichts anderes übrig bleibt, wenn er dieses Buch veröffentlichen möchte. Genau genommen sucht er nicht einmal, sondern seine Agentur, aber unterm Strich hat er dennoch keinen Verlag für sein neues Buch. Bevor er allerdings eine E-Mail an seine Agentur schickt, um nach dem Stand der Dinge zu fragen, schreibt er seinem besten Freund.

> Hayes:
>
> Hat nicht geklappt

> Fin:
>
> Idioten

Hayes:

Eigentlich nicht und das weißt du

Fin:

Man kann auch mal etwas Neues versuchen

Hayes:

Das könnte man auch so auslegen, dass ich einen neuen Verlag versuchen sollte

Fin:

Du weißt, dass das so nicht gemeint war

Hayes:

Hilft mir gerade wenig. Ich habe im Augenblick keine Ideen mehr für neue Thriller, aber dafür dutzende für Liebesromane

Fin:

Dann such dir einen neuen Verlag.
Dein Name ist in der Branche be-
kannt, die müssten sich doch um
dich reißen

Hayes:

Ich sage Bescheid, ob du damit recht
hast

Fins Optimismus geht Hayes zwischendurch
durchaus auf die Nerven, aber in Momenten wie diesen ist er froh darüber, ihn als Freund zu haben. Er
sieht die Dinge lockerer, entspannter. Er hat diese *es
klappt schon alles irgendwie*-Mentalität.

Seine Agentur schickt ihm eine Liste mit Verlagen,
die in Frage kommen. Hayes sucht nach diesen Verlagen. Er hat eine Queere-Romanze geschrieben. Da
ist es nicht unbedingt leicht, einen Verlag zu finden,
der gut dazu passt. Er möchte gerne zu einem großen, bekannten Verlag, aber er weiß, dass viele von
diesen noch eher konservativ handeln. Die kleinen
Verlage sind inzwischen häufig diverser aufgestellt.
Über kleine Verlage ist er hinaus. Damit hat er seine
Karriere vor einigen Jahren gestartet. Er will zu den
großen Verlagen. Vielleicht ist es ein Ego-Problem.

Er weiß inzwischen, worauf er bei Verlagen achten muss. Viele fallen da schon aus dem Rennen. Er kennt sich in der Branche aus und so fällt seine Wahl sehr schnell auf *Amrose Publishing*. Es gehört zu einem größeren Verlag und ist seit Jahren in der Branche fest etabliert. Genau wie sein Name. *Ed Ward*. Wenn man ihn kennt, erscheint dieses Pseudonym absolut unkreativ zu sein, immerhin heißt er mit Zweitnamen Edward. Er wollte so nah an der Wahrheit bleiben wie möglich. Hayes mag es. Er hat lange überlegt, wie er sich als Autor nennen soll. Er wollte nicht seinen richtigen Namen nutzen, als er angefangen hat zu schreiben. Wer hätte auch wissen können, dass es irgendwann so gut läuft. Am Anfang hat er neben seinem Studium zum Journalisten geschrieben und einige Fächer in Kommunikation belegt. Er wollte Journalist werden, aber das ist lange her. Genaugenommen ist er Journalist geworden — für ein Jahr. Dann hat der Verlag, bei dem er seither veröffentlicht hat, ihn abgeworben und er konnte tatsächlich seine Miete zahlen.

Er hatte Glück, das ist ihm bewusst. Eine tolle Familie, die ihn unterstützt und die besten Freunde, die er sich hätte wünschen können. Ohne sie wäre sein Leben definitiv anders verlaufen und vermutlich hätte er auch sein Studium nicht gepackt. Er hätte sich kurz vor seinem Abschluss in der Ecke verkrochen und darauf gewartet, dass das Universum sich so weit ändert, dass es ihm wieder gut geht. Tja, so war es nicht, aber es geht ihm dennoch wieder gut. Sehr sogar. Lächelnd lehnt er sich zurück, als die die Mail geschrieben hat – von seiner anderen E-Mail-Adresse versteht sich. Die wenigsten in der Branche wissen seinen richtigen Namen und wenn, dann haben Sie alle eine Verschwiegenheitsklausel im Vertrag unterschrieben. Auch, wenn seine Agentur natürlich seinen richtigen Namen kennt, benutzt er grundsätzlich diese E-Mail-Adresse für jegliche Kommunikation.

Bisher ist nie etwas an die Öffentlichkeit gekommen. Für die ist er nur ein zurückgezogen lebender Buchautor. Die meisten denken vermutlich er ist schon im Rentenalter und lebt auf irgendeiner Farm oder in einem kleinen Landhaus außerhalb von London.

Er lebt mitten in der Stadt. Er liebt den Trubel und die Menschen. Sie inspirieren ihn. Er hat immer ein Notizbuch dabei, denn die meisten Ideen kommen ihm, wenn er durch die Innenstadt und den Hydepark geht. Er mischt die Merkmale der Menschen und setzt sie zu neuen Charakteren zusammen. Vielleicht sind sie deshalb so authentisch.

Es dauert zwei Tage, bis *Amrose Publishing* sich zurückmeldet. Fin hatte recht, er hat sich einen Namen aufgebaut.

Sehr geehrter Mr Ward,

wir haben ihr Exposee mit Freude gelesen und sind uns einig, dass wir ihren neuen, queeren Roman sehr gerne bei uns verlegen würden. Wir vermuten, dass dieser bereits fertig oder so gut wie fertig ist, weswegen wir Sie sehr gerne baldmöglichst bei uns ins Büro einladen möchten, um mit ihnen die Vertragsdetails zu besprechen. Anbei senden wir Ihnen eine Liste mit möglichen Terminen. Wenn keiner dieser Zeitpunkte für sie wahrnehmbar sein sollte, schicken Sie uns gerne eine Alternative.

Mit freundlichen Grüßen

Sasha Mayland
Emrose Publishing

Die Termine sind gut. Nächste Woche Dienstag um 10 Uhr wählt er aus, bedankt sich für die schnelle Antwort und trägt es in seinen Kalender ein – den er auch immer mit sich herumträgt. Er mag es, in kleine Bücher zu schreiben und alles festzuhalten. Das ist viel besser als der Kalender oder die Notizen auf seinem Handy. Fin versteht nicht, wieso Hayes diese ganzen analogen Sachen toll findet, aber als er dann bei Hayes auf dem Schreibtisch eine alte Schreibmaschine gefunden hat, hat er gar nicht mehr nachgefragt. Auf dieser schreibt Hayes seine Exposees. Wenn es sich darauf nicht richtig anfühlt, verwirft er diese Idee. Fin findet das bescheuert, aber wer ist er schon, darüber zu urteilen, wie Hayes arbeitet.

Hayes:

Es hat geklappt

Fin:

Sag ich doch :)

Hayes:

Danke

4. Kapitel

In London zu sein, hat ihm gefehlt. Natürlich war Theo in den letzten Jahren immer mal wieder hier, aber als er tatsächlich die Schlüssel zu seiner neuen Wohnung entgegen nimmt, erfasst ihn ein anderes Gefühl. Er ist zuhause. Er fühlt sich direkt wohler als in New York.

Zwei Tage nachdem er mit seinen Freunden etwas trinken war, kam eine E-Mail. Er saß im Büro und wusste erst gar nicht, was das sollte. In der Mittagspause hat er Connor abgefangen und sie ihm gezeigt. Auch er wusste nur noch wage, was passiert ist, aber als Connor wenig später eine E-Mail von dem Vermieter der Wohnung bekommen hat, konnten sie die Bruchstücke zusammensetzen. Perplex sah Theo Connor an und fragte: „Das habe ich nicht wirklich getan, oder?"

„Soll ich das als deine Kündigung auffassen? Brauchst du noch ein Arbeitszeugnis?", antwortete

Connor nur ruhig. Theo musterte ihn skeptisch und Connor gab nach.

„Ich wusste es an dem Tag, als du das erste Mal zufällig diese Wohnung in London gesehen hast. Du willst zurück nach England. Deswegen habe ich dich auch nicht aufgehalten, als du in der Bar die Bewerbung abgeschickt hast. Wir werden dich zwar alle vermissen, aber ich denke, du solltest wieder auf die andere Seite des Teichs ziehen."

„Du… was?"

„Ich arbeite seit Jahren in der Personalabteilung. Es ist mein Job, Menschen einschätzen zu können."

Long Story Short: Theo nahm den Job an. Es ist einige Wochen her und nun steht er hier. Die Wohnung ist vollkommen leer, von den wenigen Sachen, die er sein Eigentum nennen darf, abgesehen. Die Küche war schon eingebaut, aber Möbel waren keine dabei. Er hat bis zu seinem Umzug bei Connor gewohnt. Wieso sollte er sich auch Möbel in New York kaufen, wenn er sowieso wenig später wieder in London ist?

Nur ein Bett hat er sich schon einmal bestellt. Er geht in das Schlafzimmer. Ja, das Bett ist da, nur ist es noch nicht aufgebaut. Er seufzt und öffnet als erstes die eingerollte Matratze. Um sie nicht direkt zu versauen, zieht er sie ins Wohnzimmer. Theo war noch nie sonderlich begabt, wenn es um handwerkliche Sachen geht, aber das hier ist nur ein Bett und es gibt eine Anleitung dazu. Wie schwierig kann das schon sein?

Ziemlich schwierig, stellt er vier Stunden später fest und betrachtet skeptisch das Bettgestell. Es steht. Er schleppt die Matratze zurück und bezieht das Bett. Immerhin kann er vernünftig schlafen. Das muss er auch, wenn morgen schon ist sein erster Arbeitstag. Und es ist der erste Dezember – nicht, dass er einen Adventskalender oder so etwas hätte. Aber damit beginnt der ganze Weihnachtswahnsinn nun so richtig.

Seine Schwester Ivy war schon ganz begeistert von der Idee, Theos neue Wohnung direkt in ein Winterwunderland zu verwandeln, aber das hat er strikt abgelehnt. Er muss erst einmal schauen, dass er sich Möbel anschafft. Seine Versicherung hat noch nicht gezahlt, mal schauen, wie lange das also dauern wird. Es ist nicht so, als hätte er kein Geld zur Seite gelegt, aber für eine ganze Wohnungseinrichtung wird es nicht reichen. Das Wichtigste für ihn ist ein Sofa und ein Fernseher, wo er Sport schauen kann. Ein Esstisch kann erst einmal warten, er kann auch auf dem Sofa essen. Allerdings braucht er definitiv einen Schrank für das Bad und natürlich einen Kleiderschrank. Allein das wird schon eine ganze Menge Geld kosten. Als wären die Klamotten, die er sich in letzter Zeit gekauft hat, nicht schon teuer genug gewesen.

Müde und von Jetlag gequält steht er am nächsten Morgen auf. Er muss um neun Uhr im Verlag sein und wenn er die Londoner Innenstadt richtig in Erinnerung hat, sollte er eine mindestens Viertelstunde Puffer einplanen. Was er sich gestern tatsächlich noch gekauft hat: Ein Wasserkocher und Tee. First things first. Damit kann man in den Tag starten. Er nimmt sich seine Sachen und tritt auf die Straße. New York hat etwas für sich, das stimmt schon, aber mit England ist es einfach nicht vergleichbar.

„Guten Morgen, ich muss zu *Amrose Publishing*." Er steht in der Eingangshalle in der Information. Die junge Frau – vermutlich eine Studentin – sieht auf.

„Guten Morgen. Da vorne links geht es zu den Aufzügen. In der fünften Etage ist der Verlag." Er bedankt sich und folgt ihrer Wegbeschreibung.

„Halten Sie den Aufzug offen!"

Theo steckt instinktiv eine Hand zwischen die sich schließenden Türen und sie öffnen sich wieder. Ein Kerl kommt angerannt und betritt den Aufzug.

„Danke", keucht er außer Atmen und die Türen schließen sich.

„Lang nicht mehr trainiert?", fragt Theo amüsiert den Kerl, der nun mit dem Rücken zu ihm steht.

„Zu wenig, offensichtlich."

„Also alles wie immer", schmunzelt er. Der Mann dreht sich um. „Was machst du denn hier?"

„Hi, Declan." Perplex sieht der Schwarzhaarige Theo an. „Du? Hier?"

„Ich fange heute bei *Amrose Publishing* an."

„No way."

Fragend sieht Theo seinen Gegenüber an.

„Ich arbeite dort auch. Grafikabteilung."

„Marketing", antwortet er und freut sich innerlich, dass er schon jemanden kennt.

„Ich dachte, du bist in New York."

„War ich bis vor ein paar Tagen auch."

„Aha?"

„Meine Wohnung ist abgefackelt und ich habe mich betrunken auf diese Stelle beworben."

„Das klingt wie in einer schlechten Sitcom."

„Stimmt aber."

„Eigentlich habe ich keine Zeit, aber dann bringe ich dich direkt zu Sasha."

„Mayland?"

„Ja, genau", nickt Declan. „Du solltest Sasha nur vielleicht nicht sagen, dass du dich betrunken auf diese Stelle beworben hast."

„Hatte ich nicht vor. Du plauderst es doch nicht aus, oder?"

„Ich habe nie etwas gehört", grinst Declan.

Die Türen öffnen sich wieder und mit der Schlüsselkarte verschafft Declan ihnen Zugang zum Büro. Sie gehen durch den Flur, das Großraumbüro und schließlich kommen sie an einem Einzelbüro am Ende des Flurs an. Eine Frau um die vierzig sitzt dort am Schreibtisch und arbeitet. Declan klopft an die Tür. Sie sieht auf und nickt.

„Guten Tag. Ich bin Theodor Lance", stellt Theo sich vor.

„Bis nachher", sagt Declan nur und schließt die Tür hinter Theo.

„Setzen Sie sich doch", lächelt Ms Mayland und deutet auf den freien Stuhl, der ihrem Schreibtisch gegenüber steht.

„Ich habe eigentlich damit gerechnet, Sie am Empfang unten abzuholen. Sie haben doch noch keine Schlüsselkarte, oder?"

„Nein, Declan hat mich reingelassen", erklärt er kurz und antwortet auf den fragenden Blick seiner neuen Chefin: „Wir kennen uns von früher und haben uns im Aufzug getroffen."

„Wie schön, dass Sie schon Anschluss gefunden haben. Ich habe mir Ihre Arbeit in New York angeschaut und muss sagen, es gefällt mir sehr gut, was sie leisten. Allerdings ist das hier ein Verlag, die Zielgruppe und die Ansprüche sind also ganz anders als die der Kunden, die sie bisher hatten."

„Das weiß ich, aber das bekomme ich hin", antwortet er zuversichtlich und sieht sich um. Das Büro ist sehr offen und modern gestaltet. Es gibt Konferenzräume mit Glaswänden und vorhin hat er einen Pausenraum mit Kicker und Dartschreibe entdeckt.

„Gut", lächelt Ms Mayland. „Nenn mich gerne Sasha, das machen alle hier." Überrascht sieht Theo sie an, nickt dann aber. „Gerne, danke."

Die Tür wird geöffnet.

„Ah, das ist Majid. Er wird dich rumführen und dir deinen Arbeitsplatz zeigen. Er ist auch in deinem Team."

„Hi, ich bin Theo."

„Majid", stellt er sich vor, als sie aus dem Büro der Chefin getreten sind.

„Hier im Büro arbeiten wir", sagt er und läuft langsam weiter. „Hier hat niemand einen festen Schreibtisch, du kannst dich theoretisch hinsetzen, wo du willst, aber irgendwann etabliert sich immer eine Sitzordnung", erklärt er. „Da hinten ist die Küche und du kommst sowohl durch den Flur als auch durch die Küche in den Pausenraum." *Wow, hier steht sogar ein Kühlschrank mit Bier.* „Manchmal treffen wir uns hier nach Feierabend für eine Runde Kicker oder so. Im Sommer sind wir dann auf der Dachterrasse."

„Dachterrasse?", fragt Theo überrascht.

„Ja, die teilen wir uns mit den anderen Unternehmen im Haus. Da ist im Sommer eigentlich jeden Abend etwas los. Wir können nachher mal einen Abstecher machen." Er läuft weiter und kurz vor der Tür ins Treppenhaus biegt er nach links ab. „Hier sitzen die Lektorinnen und Lektoren. Dahinter ist die Abteilung für Design." Er deutet auf die nächste Glastür.

Sie laufen in die andere Richtung. „Hier sitzt die IT und die Personalabteilung", erklärt er ihm. Das

Büro ist ähnlich aufgebaut, aber weniger lebensfroh als die Marketingabteilung. Dort stehen mehr Pflanzen und es erscheint generell etwas belebter zu sein.

„Alles klar", nickt Theo und sie laufen zurück. Majid steuert einen freien Schreibtisch an.

„Hier ist Laptop und deine Passwörter. Melde dich erst einmal überall an. In einer halben Stunde haben wir ein Meeting zu einem neuen Projekt. Du wirst direkt mitarbeiten."

„Cool", nickt Theo und setzt sich. Majids Schreibtisch ist ein paar Meter weiter. Ihm gefällt das alles hier ziemlich gut. Er fühlt mich wohl. Er schickt seinen alten Kollegen ein Bild von seiner Aussicht. Sie werden es vermutlich erst morgen sehen.

Eine halbe Stunde später folgt er Majid in den Konferenzraum. Declan sitzt auch dort. Majid stellt sich nach vorne an den Tisch und schaltet den großen Fernseher an, der direkt mit seinem Laptop verbunden ist.

Neuerscheinung: Ed Ward – Titel noch ausstehend.

„Kennt hier jeder Ed Ward?", fragt er direkt in die Runde. Theos Kollegen scheinen alle zu wissen, wer er ist. Und sie scheinen beeindruckt zu sein.

„Ich ehrlich gesagt nicht", gibt er zu. Alle Augenpaar sind auf ihn gerichtet. „Hi, ich bin Theo und neu hier und offenbar unwissend."

Sie schmunzeln.

„Ed Ward ist einer der besten Thriller Autoren aus England", hilft Declan ihm auf die Sprünge.

„Richtig und er wird bald seinen ersten romantisches Buch veröffentlichen", erklärt Majid. „Und zwar bei uns. Ein Glücksgriff. Theo, du bist neu, also werde wir einige Aufgaben erst einmal gemeinsam bearbeiten. Beim nächsten Projekt teilen wir die Aufgaben dann anders auf. Ab da wirst du eigenständiger arbeiten."

„Alles klar." Er ist froh, dass er ein vernünftiges Onboarding bekommt. Sonst wäre er wirklich aufgeschmissen. Die Verlagswelt ist neu für ihn.

„Er morgen herkommen. Er möchte die Details in Ruhe besprechen. Ich weiß – inoffiziell – dass er sehr anspruchsvoll ist, was seine Bücher angeht und Sasha hat eindringlich klargemacht, dass wir ihn als Autor nicht verlieren dürfen. Sein alter Verlag wollte ihn als Thrillerbuchautor behalten, aber wenn Ed

Ward weitere romantische Bücher schreiben wird, will Sasha unbedingt, dass wir ihn an uns binden. Er hat eine und ziemlich große Leserschaft, die ihm folgen wird und mit dem neuen Roman hoffen wir, dass die Zielgruppe noch wächst", erklärt er. „Ich möchte, dass ihr alle das Exposee des Buches kennt und auch wisst, worum es in seinen anderen Büchern ungefähr geht. Ihr müsst sie nicht alle lesen, aber ihr findet sicher Zusammenfassungen im Internet. Außerdem wurde schon angekündigt, dass er heute bereits eine Verschwiegenheitserklärung haben möchte."

„Was? Wieso das?", fragt Theo irritiert.

„Niemand kennt seinen richtigen Namen", antwortet Declan ihm. „Man weiß zwar, dass es ein Pseudonym ist, aber das war's auch schon. Er ist eine Privatperson und das möchte er auch bleiben."

„Richtig, also unterschreibt das bitte alle." Majid gibt Dokumente um. Theo liest es sich durch und unterschreibt. *Wenn dieser Kerl meint, es wäre wichtig.*

„Ihr wisst alle, was ihr zu tun habt. Theo, wenn du fertig bist, dich in seine Werke einzulesen, schau dir heute unsere Ordnerstruktur im Intranet an und mach dich mit den Programmen vertraut."

Theo war noch nie ein Fan davon, lange Bücher zu lesen. Er ist froh darüber, dass die Zusammenfassungen ausreichen. Kann er zugeben, dass die Thriller ihn abholen und er die Geschichten spannend findet? Bestimmt, immerhin arbeitet er nun bei einem Verlag. Es ist eine ganz andere Welt, als die, die er bisher kennt, das merkt er schnell. Hier stehen an vielen Wänden Bücherregale und wenn er Majid richtig verstanden hat, darf er sich daran sogar einfach bedienen. Wie schade, dass dort keiner der Thriller von diesem Ed Ward steht.

Er arbeitet sich gut ein. Er kennt die meisten Programme schon und als er mit Majid und zwei anderen Kollegen Mittag isst, merkt er, dass er seine Kollegen mag. Er kommt gut mit ihnen klar und es dauert nur ein paar Minuten, bis sich herausstellt, dass auch Daya – eine Kollegin in ihrem Team – Fußballfan ist. Sie mag zwar lieber Manchester als Doncaster, aber das lässt Theo durchgehen. Und er bemerkt, dass er hier nicht jeden Tag mit Jackett auftauchen muss. Ein Hoodie oder ein Shirt reicht völlig aus. *Ja, der Verlag passt gut zu ihm.*

5. Kapitel

Skeptisch steht er vor dem Spiegel. Er blickt an sich herab Er trägt eine lockere Hose, ein Hemd und einen seiner guten, aber lockeren Blazer. Es ist ein vernünftiges Outfit, aber ganz zufrieden ist er nicht. Also tauscht er das Hemd doch noch einmal. Bei seinem ersten Gespräch in einem Verlag ist er mit enger Krawatte dort aufgetaucht, inzwischen weiß er, dass das nicht nötig ist. Er mag keine Krawatten. Er läuft zum Verlag. Er braucht nur zwanzig Minuten und er hat sich angewöhnt alles unter einer halben Stunde zu laufen. Wenn er schreibt sitzt er sehr oft nur vor dem Computer, es tut gut, sich da ab und an zu bewegen.

Den Gebäudekomplex findet er relativ schnell. Der Verlag ist auf der fünften Etage, wird im am Empfang gesagt. Man erwartet ihn offenbar schon. Es ist ein modernes Gebäude und er entdeckt ein Zertifikat, dass es nur mit Solarkraft betrieben wird.

Hayes lächelt. Das klingt doch schon einmal gut. Er fährt mit dem Fahrstuhl nach oben. Hayes findet den Eingang sofort. Er klingelt und es dauert nur einen Moment, bis ihm geöffnet wird.

„Guten Tag, was kann ich für Sie tun?"

„Hallo, mein Name ist Ed Ward, ich habe einen Termin." Der Mann ihm gegenüber möchte es sich nicht anmerken lassen, aber für einen kurzen Augenblick erkennt Hayes Überraschung und Respekt in seinen Augen.

„Natürlich. Herzlich Willkommen bei *Amrose Publishing*. Folgen Sie mir gerne." Er lässt Hayes eintreten und schließt hinter ihm die Tür.

„Ich bin Majid Mousa, es freut mich sehr, Sie kennenzulernen."

Er öffnet die Tür zu einem der Konferenzräume. Dort sitzen bereits einige andere Mitarbeiter. Hayes sieht durch die Runde.

„Kann ich Ihnen etwas zu trinken anbieten?"

„Kaffee, gerne."

„Natürlich", nickt Majid freundlich und verschwindet wieder. Hayes tritt ein.

„Du bist Ed Ward? Verarscht du mich?"

Er sieht nach links. Dann grinst er. „Überraschung."

Declan steht auf und zieht Hayes in eine Umarmung. Die anderen Kollegen schauen verwirrt, aber das interessiert die beiden nicht.

„Und niemand weiß es, mhm?"

„Wenige", korrigiert Hayes ihn. Da merkt er die Blicke der anderen Kollegen. „Oh, Declan und ich sind auf einer Uni gewesen. Wir kennen uns von früher."

„Wen du nicht alles kennst", kommt von Majid und er reicht Hayes den noch dampfenden Kaffee.

„Scheiße", entfährt es Declan leise und er sieht zur Tür. „Äh…"

„Wir sollten anfangen", unterbricht Majid ihn und setzt sich. Hayes sitzt ihm direkt gegenüber. Neben Majid ist ein Platz frei, aber Hayes bemerkt das nicht.

Plötzlich wird die Tür aufgestoßen – zum Glück noch bevor die Besprechung richtig beginnt.

„Sorry, meine Schlüsselkarte hat nicht richtig funktioniert. Bin ich zu spät?"

Oh Gott. Hayes sieht sofort zu Declan. Dieser presst die Lippen zusammen. Er weiß nicht genau, was damals war, aber er weiß, dass *etwas* war.

„Kein Problem, wir wollten gerade anfangen",
antwortet Majid und deutet Theo, sich auf den Platz
neben sich zu setzen.

„Hi, Sie müssen Ed Ward sein. Ich bin Theo…"
Ihm bleibt das Wort im Hals stecken, als er um den
Tisch herum tritt und geradewegs in Hayes' Augen
sieht. Hayes sieht ihn nur an. Er lässt es sich nicht
anmerken. Den kurzen Schock Moment hat Theo
nicht gesehen. Jetzt sitzt Hayes gerade und mit ge-
fasster Miene vor ihm. Irritiert sieht Majid ihn an.

„Theo? Alles gut."

„Ja, ähm…"

„Schön Sie kennenzulernen", antwortet Hayes mit
gezwungenem Lächeln und stellt damit direkt klar,
welche Regeln hier gelten.

Es versetzt Theo einen Schlag, wie er ihn lange
nicht mehr gespürt hat.

„Gleichfalls", presst er heraus und klappt seinen
Laptop auf.

Das darf nicht wahr sein. Er ist kaum wieder in London und da läuft er Hayes über den Weg? Wie viele
Millionen Einwohner hat London nochmal? *Scheiße,
er hätte in New York bleiben sollen.* Er sieht Hayes prü-
fend an. Dieser sieht ganz bewusst weg. Er möchte
Theo nicht ansehen, sonst bemerkt wohl doch noch

jemand etwas. Theo sieht hilfesuchend zu Declan, aber dieser schüttelt leicht den Kopf. Er wird sich ganz bestimmt nicht einmischen. Er weiß nicht einmal, was alles vorgefallen ist. Das hier ist nach wie vor ein Businessmeeting und kein Uni-Treffen.

„Gut, fangen wir mit dem Wichtigsten an", ergreift Hayes das Wort. „Sie alle haben eine Verschwiegenheitserklärung unterschrieben, sonst würden sie hier nicht sitzen. Mein richtiger Name ist Hayes Edward Dawson. Dieser Name steht im Vertrag mit ihrem Verlag, nur dass sie es wissen. Ich werde viel kritisieren und mir Änderungen wünschen. Es geht um mein geistliches Eigentum und auch, wenn ich weiß, dass wir hier alle an einem Strang ziehen, werde ich meine Bücher nicht verbiegen lassen", stellt er direkt klar.

Majid nickt. „Natürlich, das verstehen wir. Wir haben bereits vorab geklärt, dass Sie in jegliche Planung und Gestaltung mit einbezogen werden."

„Sehr gut", nickt Hayes und trinkt einen Schluck Kaffee. Natürlich bemerkt er, dass Theo ihn ungeniert anstarrt. Hayes mag das nicht und Theo hat kein Recht dazu. Er sollte aus seinem Leben verschwunden bleiben. Kurz denkt er darüber nach, darum zu bitten, Theo aus dem Team entfernen zu lassen, aber dann beschließt er, dass er über den Dingen steht. Er hat ihn jahrelang nicht gesehen. Er kennt ihn nicht mehr und Theo würde nicht hier sitzen, wenn er seinen Job nicht verstehen würde. Wenn Theo gut in seinem Job ist, soll er ihn machen. Es geht um den Erfolg seines Romans, nicht darum, dass es ihn jegliche Nerven kosten könnte, mit Theo in einem Raum zu sein. Selbstbeherrschung hat er in den letzten Jahren perfektioniert, sonst wäre er nicht so weit gekommen, wie er es jetzt ist. Es sind nur ein paar Wochen, das schafft er schon.

Theo hingegen überfordert die Situation maßlos. Hayes, direkt vor ihm. Hier. Scheiße, er kann sogar sein Parfum riechen. Er glaubt, Hayes benutzt inzwischen ein anderes. *Er muss arbeiten, verdammt.* Wie soll er auch nur einen Tag überstehen, wenn dieser Mann ihm gegenüber sitzt?

Er ist erwachsener geworden. Er sieht gut aus. Kurz denkt er, dass Hayes wohl ist wie guter Wein. Dann denkt er, dass es bescheuert ist, ihn mit einem Getränk zu vergleichen. Und danach zwingt er sich, damit aufzuhören ihn anzustarren und lieber Majid zuzuhören, der grob die Zeitplanung der nächsten Wochen durchgeht.

„Mr Dawson, wir haben alle Ihr Exposee gelesen. Ich muss sagen, und ich glaube, ich kann auch für meine Kollegen sprechen, wir sind alle sehr beeindruckt."

Hayes lächelt ehrlich. „Vielen Dank. Es freut mich, dass es Ihnen gefällt." Es tut gut diese Bestätigung zu hören. Sein letzter Verlag hat dazu nicht viel gesagt. Sonst hat er es noch niemandem gezeigt. Fin weiß ungefähr, worum es geht, aber er hat es nicht gelesen. Hayes lässt ungerne jemanden seine Bücher lesen, wenn sie nicht vollkommen fertig sind – ausgenommen seine bisherige Lektorin.

„Ms Chen wird als Lektorin mit Ihnen arbeiten."

„Es freut mich sehr, sie kennenzulernen", ergreift eine junge Frau das Wort. Hayes sieht zu ihr und merkt, dass sie sogar noch jünger als er selbst sein könnte.

„Ebenfalls", antwortet er freundlich und wendet seinen Blick wieder Majid zu.

„Mr Lance und ich übernehmen das Marketing. Declan – wie sie sich vielleicht denken können – wird für das Design zuständig sein und für den Vertrieb kümmern sich andere Kollegen. Ich werde zunächst ihr Ansprechpartner für alle weiteren Fragen sein, aber scheuen Sie bitte nicht, auch Mr Lance zu fragen."

Hayes nickt knapp und Theo glaubt, er kann gleich nicht mehr atmen. Findet nur er, dass die Luft hier drin wirklich schlecht geworden ist? Und warm?

„Sehr gut. Zunächst das Wichtigste: Wie weit sind Sie mit dem Buch? Wann kann es in die erste Runde des Lektorates gehen?", fragt Majid. Theo sitzt stumm da. Er sollte sich vermutlich Notizen machen. Nein, nicht nur vermutlich. Er weiß, dass er das tun sollte. Allerdings kann er der Blick nicht von Hayes abwenden. Seine Kieferpartie ist ausgeprägter als früher und er hat an Selbstbewusstsein dazugewonnen. Die letzten Jahre schienen ihm gut getan zu haben.

„Ich bin mit dem ersten Entwurf fertig. Ich kann es Ihnen heute noch zukommen lassen", wendet sich Hayes an Ms Chen. Sie lächelt und nickt. „Sehr gerne."

„Gut. Wir wissen, dass sie einen aktiven Instagramaccount haben. Wir würden gerne den Zugang dazu bekommen, um direkt dort hochladen und planen zu können. Und natürlich, um auf die Analysen zugreifen zu können." Hayes hat sich schon so etwas gedacht. Er öffnet sein Notizbuch und holt einen Zettel heraus.

„Hier sind die Zugangsdaten."

Er sieht Majid wieder an. „Ich möchte jede Story und jeden Post vorher sehen", stellt er klar. Er hat keine Lust darauf, dass plötzlich irgendwelche Ankündigungen auf seinem Account auftauchen, von denen er nichts weiß. Ihm ist sehr wichtig, dass sein Account authentisch und ehrlich bleibt.

„Natürlich. Das wäre der nächste Punkt auf unserer Liste gewesen. Unser Plan ist, mit ihnen ein Meeting bezüglich des fertigen Marketingplans und des Contents zu vereinbaren, um alles in Ruhe durchgehen zu können, sobald es fertig ist. Vorher muss das Design stehen, zumindest die grundlegenden Elemente wie Farbe und Schriftart. Declan wird mit Ihnen also in den nächsten Tagen so gut es geht zusammenarbeiten."

„Klingt gut. Von dieser Woche abgesehen, würde ich über die Meetings gerne mindestens eine Woche früher informiert werden", sagt Hayes. Majid notiert es sich, Theo sitzt nach wie vor stumm da.

„Das ist kein Problem, das bekommen wir hin. Wenn wir mehrere Meetings an einem Tag haben sollten, werden wir Ihnen auf Wunsch auch einen eigenen Schreibtisch zur Verfügung stellen. Dann können sie in der Zeit dazwischen hier bleiben und schreiben oder andere Aufgaben erledigen."

Überrascht sieht Hayes ihn an. Das gab es bei seinem alten Verlag nicht. „Darauf komme ich gerne zurück."

„Wir werden Ihnen dafür eine Schlüsselkarte am Empfang hinterlegen lassen", spricht Majid weiter.

„Sie können Sie dort abholen und nutzen, aber bitte geben Sie sie dort wieder ab, wenn sie das Gebäude verlassen."

Hayes nickt. Das dürfte kein Problem sein. Theo hingegen hofft einfach, dass Hayes diese Schlüsselkarte so selten wie möglich nutzen wird. Er will wirklich nicht, dass er Hayes öfter über den Weg läuft, als er muss. In den Meetings wird es schon schlimm genug sein. Er weiß, dass er sich in den Griff kriegen muss, aber er hat keinen blassen Schimmer, wie er das anstellen soll.

Fuck, er hätte in New York bleiben sollen. Da hatte er keine Angst, diesem Mann zu begegnen. Da war er sicher vor seiner Vergangenheit. Hier wurde er direkt und mit voller Wucht mit dieser Konfrontiert. Er ist nicht bereit dazu. Theo weiß, dass es nicht besser wird, wenn er es aufschiebt. Er muss es hinter sich bringen.

6. Kapitel

Nach dem Meeting wartet er, bis seine Kollegen den Raum verlassen haben. Hayes und Majid gehen als letztes. Er folgt ihnen. Majid zeigt Hayes die Küche und den Mitarbeiterraum und das Großraumbüro, wo er sich bei Bedarf einen freien Schreibtisch aussuchen kann. Theo steht an der Seite. Er muss ihn ansprechen. Er weiß nicht wie. Er steht dort, wie bestellt und nicht abgeholt. Erst, als er Hayes sagen hört, dass er sich noch einen Kaffee holt und Majid sich daraufhin wieder an seinen Schreibtisch setzt, weiß sein Körper wieder, wie Gehen funktioniert. Er läuft ihm nach.

Hayes steht seelenruhig vor der Kaffeemaschine und wartet, dass seine Tasse voll wird.

„Möchtest du nichts sagen, wenn du mir schon hinterher gelaufen kommst?", fragt er, als Theo schweigend hinter ihm steht.

„Ich wusste nicht, dass du dein Pseudonym gewechselt hast. Was ist aus Oliver Sudden geworden?"

„Ich brauchte etwas Neues", antwortet er trocken und dreht sich zu Theo ihm. Dieser zwingt sich, seinen Verstand nicht zu verlieren.

„Dein neues Buch klingt interessant."

„Es interessiert mich nicht, was du zu dem Buch sagst", antwortet Hayes geradeheraus. Er ist angespannt und möchte aus dieser Situation entkommen. Theo sieht das ganz genau, aber er lässt es nicht zu. Wer weiß, wann er je wieder die Möglichkeit dazu haben wird, allein mit Hayes zu sprechen.

„Ich hätte nicht gedacht, dich so schnell wieder zu treffen."

„Schnell?" Irritiert sieht Hayes ihn an. „Es sind über drei Jahre vergangen."

„Ich meine, bezogen auf meinen Umzug nach London. Ich wohnte erst seit kurzem wieder hier", korrigiert er sich nervös. „Ich war nicht darauf vorbereitet, dass wir uns begegnen."

„Tja, jetzt müssen wir zusammenarbeiten", entgegnet Hayes lediglich und trinkt einen Schluck Kaffee.

„Können wir irgendwann mal reden? Also vernünftig reden?", bricht es dann aus ihm heraus. Die Frage will er schon die ganze Zeit stellen.

„Reden? Wieso das?"

Theo presst die Lippen zusammen, als Hayes ihn ansieht, als hätte er ihn etwas vollkommen Unrealistisches gefragt.

„Es ging damals alles so schnell und…"

„Du bist nach New York gezogen und hast mir danach nicht eine Nachricht geschickt", korrigiert Hayes ihn. Theo verdreht die Augen. „Als wäre das unbegründet gewesen", murmelt er.

„Ich will deinen Grund nicht wissen, Theo. Es ist lange her und wir sind beide älter geworden, reifer — ich zumindest. Bei dir weiß ich es nicht. Wir werden zusammenarbeiten, weil es um mein Buch geht und du dafür bezahlt wirst, aber mehr auch nicht. Ich möchte, dass du es professionell hältst und ich sehe keinen Grund dazu, mit dir über alte Zeiten zu reden", stellt Hayes klar.

Perplex sieht Theo ihn an. Er wusste, dass es schwierig wird, aber dass er Hayes so egal geworden ist… nein, damit hat er nicht gerechnet. Sie haben so viel Zeit miteinander verbracht, ist das alles nichts mehr wert? Hat Hayes all die Momente vergessen, die sie geteilt haben? Theo sieht zur Seite. Er hätte es damals akzeptieren müssen. Hat er nicht. Er ist stattdessen einfach weggerannt und hat es ignoriert. Er weiß, dass er sich schon längst damit hätte auseinander setzen müssen, aber er wollte es einfach nicht. Weglaufen schient die einfachere Lösung. Tja, das hat er jetzt davon.

Hayes sieht ihn fragend an. „Ist sonst noch etwas? Ich möchte mit Declan anfangen über das Design zu sprechen und wenn ich richtig informiert bin, ist das nicht dein Aufgabenbereich." Er ist kalt gegenüber Theo. Das muss er sein, sonst wird er schwach. Theo schüttelt den Kopf und innerlich atmet Hayes auf.

„Gut", sagt er nur mit monotoner Stimme und geht an Theo vorbei.

Er sieht nicht zurück. Er würde gerne, als er sich auf den Weg zu Declan macht, aber er tut es nicht. Declan hat einen kleinen Konferenzraum reserviert. Dort steht ein Tisch mit nur vier Stühlen und zwei Sesseln. Declan sitzt in einem davon. Hayes schließt hinter sich die Glastür und lässt sich in dem zweiten fallen.

„Ich frage besser nicht, oder?", greift er das offensichtlich im Raum stehende Thema auf.

„Es gibt nichts zu fragen. Wir haben gerade klargestellt, dass es professionell zwischen uns bleibt und die Vergangenheit irrelevant ist."

„Mhm."

„Was?" fragt Hayes skeptisch, aber Declan schüttelt den Kopf. „Es geht mich nichts an. Ich mische mich da nicht sein."

„Aber?", hakt Hayes nach. Er sieht doch genau, dass Declan etwas anderes denkt, als er gerade gesagt hat. Der Schwarzhaarige seufzt.

„Aber Theo hat dich das ganze Meeting angesehen. Anders, als er einen von uns angesehen hat."

„Er war nur überrascht, das ist alles. Er wusste nicht, dass ich Ed Ward bin", weicht Hayes aus. Das redet er sich ein. Er möchte, dass Theo ihn deswegen so angeschaut hat, nicht aus irgendeinem anderen Grund.

Declan schließt den Laptop an den großen Fernseher an. „Ich habe mir die Cover deiner bisherigen Bücher angesehen. Sie waren alle recht dunkel und in einer Farbe gehalten. Wenn du magst, können wir das Schema gerne aufbrechen, immerhin bewegst du dich jetzt auch in einem neuen Genre. Ich habe mal eine Sammlung von anderen Covern aus diesem Bereich zusammengestellt", fängt er an. Hayes' Blick schweift über die Cover. Einige davon hat er schon gesehen, ein paar der Bücher kennt er auch.

„Ich möchte auf keinen Fall Personen auf dem Cover haben, auch keine Illustrierten", sagt er direkt. „Ich möchte den Lesenden nicht die eigene Vorstellung der Charaktere nehmen, indem sie irgendjemanden auf dem Cover sehen, der damit nicht übereinstimmt."

Declan nickt verstehend und notiert es sich.

„Okay. Die Farbwelt würde ich hell halten, damit ein Kontrast zu deinen bisherigen Büchern entsteht. Gedeckte Farben ohne viel Schnickschnack. Es soll nicht *zu* kitschig werden."

Er erzählt Hayes immer mehr von seinen Ideen und der Autor merkt schnell, dass er mit Declan gut zusammenarbeiten kann. Oft haben Autorinnen und Autoren nicht die Freiheit das Cover mitzugestalten. Sie können Wünsche abgeben, aber das war's auch schon. Hier hat Hayes das Gefühl, das letzte Wort zu haben. Er mag das.

Am Ende entscheiden sie sich für ein tiefes Blau. Es ist die Augenfarbe des Love-Interests. Declan schickt die Farbcodes rüber zu Theo und Majid und Hayes stellt fest, dass sie inzwischen seit fast drei

Stunden an möglichen Konzepten und Kompositionen des Covers arbeiten.

„Ich mache einfach mal ein paar Ideen fertig. Dann schauen wir weiter", beschließt Declan und steht auf. Hayes nickt zufrieden und sie verlassen den Konferenzraum.

„Wir sollten Mal etwas trinken gehen, meint er dann. Überrascht sieht Declan ihn an. „Klar gerne."

„Sehr gut. Ich schreibe dir", lächelt Hayes und geht zur Küche, um die leere Tasse wegzubringen. Theo bemerkt ihn. Natürlich tut er das, denn Hayes geht direkt an seinem Schreibtisch vorbei.

„Hayes – äh Mr Dawson", fängt er ihn ab. Hayes verdreht die Augen, bleibt stehen und dreht sich zu Theo um. Dann lächelt er freundlich und geht zu ihm zurück. „Ja?"

„Äh… also… Declan hat mir gerade die Farben geschickt für Instagram. Wir haben ja den Zugriff und… also…"

„Was genau möchtest du?", unterbricht Hayes Theos Gestottert, der sich dafür gerade selbst schlagen könnte. *Shit, er hätte sich vorher etwas ausdenken sollen.*

„Also du hast ja auch eine Website und ich habe mir überlegt, dass wir die dann auch in den Farben gestallten sollten. Zumindest zum Teil." *Brilliant.*

Hayes zieht skeptisch eine Augenbraue hoch.

„Was ist? Das klingt doch plausibel oder nicht? Die Leute, die deine Website schon kennen, finden sie sowieso wieder und für die, die das erste Mal deine Bücher lesen werden, ist es sonst abschreckend, wenn dort alles so düster und gruselig erscheint." Theo kann Hayes' Gesichtsausdruck nicht deuten und das macht ihn wahnsinnig. Er fand seine Erklärung plausibel, aber je länger Hayes schweigt, desto mehr zweifelt er daran, dass gerade sinnvolle Sätze aus seinem Mund gekommen sind.

„Auf dem Zettel mit den Zugangsdaten für Instagram stand auf der Zugang zu der Website", antwortet Hayes ihm dann.

„Was?"

„Hast du den Zettel nicht gelesen?"

„Nein. Doch. Also Majid hat ihn."

„Dann informiere dich das nächste Mal besser, alles klar?"

Theo nickt und setzt sich wieder. Scheiße, das ging richtig nach hinten los. Hayes geht weiter in die Küche, damit Theo keine Zeit hat, noch etwas anderes

anzusprechen. Verdammt, wie soll er das nur durch-
halten?

7. Kapitel

Bis Freitag läuft Hayes ihm nicht mehr über den Weg. Theo ist einigermaßen zufrieden. Er geht müde, aber gut gelaunt ins Büro und macht sich einen Tee, bevor er sich an den Schreibtisch setzt. Aktuell arbeitet er eine Zielgruppen- und eine Konkurrenzanalyse aus. Das kann er gut und da hat er nicht direkt etwas mit Hayes zu tun.

„Guten Morgen." Majid kommt rein und geht zu Theo. „Hi."

„Bei dir ist so weit alles gut? Hast du dich gut eingearbeitet?", fragt er interessiert und Theo nickt. „Ich komme gut klar, danke", lächelt er. Majid nickt zufrieden.

„Meinst du, du bekommst die Analysen bis heute Nachmittag fertig?"

„Ja", antwortet Theo optimistisch und wendet sich wieder seiner Arbeit zu.

Währenddessen versucht Hayes sich zu konzentrieren. Er arbeitet den Plot für den zweiten Teil der Reihe aus – wie viele Bücher es insgesamt werden, weiß er noch nicht – aber er kann sich nicht konzentrieren.

„Das darf doch nicht wahr sein", murmelt er und schließt das Fenster. Sonderlich besser wird es dadurch nicht. Die Nachbarn nebenan renovieren und der Krach ist unerträglich laut. Er weiß natürlich, dass man eine neue Küche nicht ohne Lärm montieren kann, aber er muss arbeiten, verdammt!

Oropax kann er nicht leiden und Musik übertönt das dumpfe und durchdringende Geräusch der Bohrmaschine nicht. So kommt er nicht weiter. Er braucht Ruhe, um sich vernünftig konzentrieren zu können.

„Scheiße", murmelt er und denkt darüber nach, sich einfach in einen Park zu setzen. Nein, das ist auch keine Lösung.

> Hayes:
>
> Habt ihr zufällig einen Schreibtisch in einer ruhigen Umgebung im Büro?

Es dauert ein bisschen, aber schließlich antwortet Declan ihm. Hayes wusste sich nicht mehr anders zu helfen, aber er fährt jetzt garantiert nicht ins Büro, nur um dann festzustellen, dass es ihm dort auch zu laut ist.

> Declan:
>
> Ich glaube, einige der Konferenzräume sind heute nicht belegt. Alternativ kann ich dir die Dachterrasse anbieten, wenn dir das nicht zu kalt draußen ist

Hayes sieht aus dem Fenster. Die Sonne scheint und heute soll es nicht regnen. Es wird zwar nicht wärmer als zehn Grad, aber das kann er besser händeln als Lärm. Er klappt seinen Laptop zu und holt sich seine große Tasche. Auf der Dachterrasse ist hoffentlich niemand. Eine Viertelstunde später macht er sich auf den Weg zum Verlag. Wie abgesprochen bekommt er eine Schlüsselkarte am Empfang im Erdgeschoss. Erst möchte er direkt auf die Terrasse fahren, aber dann beschließt er, einen Abstecher im Büro zu machen und sich einen Kaffee zu holen. Erst, als der die Tür öffnet, denkt er daran, dass er Theo wieder über den Weg laufen könnte.

Hayes hat die Tatsache, dass er ihm in Zukunft regelmäßig begegnen wird, die letzten Tage erfolgreich verdrängt. Er ist nicht scharf darauf, wieder mit Theo reden zu müssen – oder ihn ansehen zu müssen. Ein Grund mehr, so schnell wie möglich auf die Dachterrasse zu verschwinden. Gerade als er wieder zu den Aufzügen geht, kommt ihm jedoch genau dieser Kerl entgegen. Theo geht mit Declan, der ihn zuerst entdeckt, den Flur entlang.

„Hi Hayes."

Theo sieht von seinem Handy auf. „Äh... du hier?"

„Ja", antwortet Hayes nur knapp. Theos Puls schießt in die Höhe und für einen kurzen Moment setzt sein Gehirn aus. Dann nickt er nur, um nichts Dummes zu sagen. Hayes geht an ihnen vorbei wieder zu den Aufzügen. Theo atmet erst wieder, als die Tür zum Büro zugefallen ist. Trotzdem riecht er Hayes' Parfum noch in der Luft und es vernebelt ihm ganz gewaltig die Sinne.

Hayes bemerkt das nicht mehr. Er findet die Dachterrasse. Auf der Bank und den Stühlen liegen Kissen. Er lächelt zufrieden und holt sich seine Fließdecke aus der Tasche. Er macht es sich gemütlich, stellt die Tasse neben seinen Laptop und schlägt eins seiner Notizbücher auf. Ja, hier kann er gut arbeiten. Es ist nicht zu kalt mit der Decke und die Bank ist groß genug, dass er im Schneidersitz sitzen kann.

„Du musst echt damit aufhören", sagt Declan zeitgleich zu Theo. „Womit? Ich habe nichts gemacht?"

„Zu Stein zu erstarren, sobald er vor dir steht. Wenn du so weitermachst, fällt es hier bald jedem auf."

„Was soll das denn heißen? Ich erstarre nicht zu Stein! Hast du sie noch alle?" Declan verdreht die Augen und Theo lässt sich auf seinen Schreibtischstuhl fallen. „Majid fällt es bald bestimmt auf und Sasha sowieso. Sie hat ein Auge für so etwas."

„Sie ist doch bei den Meetings gar nicht dabei."

„Glaub mir einfach. Sie wird es trotzdem sehr schnell erfahren, wenn du dich nicht zusammenreißt."

Theo zuckt mit den Schultern. „Sollen Sie doch."

„Theo! Das kannst du nicht machen!" Declan zwingt sich leise zu sprechen. Sein Tonfall ist aber dadurch nicht weniger bestimmend und entschlossen.

„Ed Ward ist *der* bekannte Autor, der uns in unserem Katalog noch gefehlt hat. Sasha wirft dich hochkant raus, wenn du das vergeigst. Vergiss nicht, dass du noch in der Probezeit bist."

„Werde ich nicht. Krieg dich wieder ein."

Declan seufzt. Es ist, als würde er gegen eine Wand reden. Theo bleibt stur. Es kann doch nicht so schwierig sein, professionell mit Hayes umzugehen. Er bekommt das schon hin. Er gewöhnt sich einfach an seine Anwesenheit und dann ist Hayes nur einer der Autoren, die hier unter Vertrag stehen. Ja, genau. So wird es sein.

Seine innerlichen Zweifel schiebt er bei Seite. Es wäre nicht professionell, sich davon ablenken zu lassen und Hayes will es schließlich professionell halten. Das soll er haben. Wo ist er eigentlich mit dieser großen Tasche hingegangen? Vorhin war er noch nicht im Büro, das wäre Theo aufgefallen. Oder doch? Hatte er ein Meeting, von dem er nichts wusste? Vielleicht mit der Lektorin? *Nein, die haben ihre Schreibtische und Räume wo anders.* Theo schüttelt leicht den Kopf und liest sich eine weitere Statistik zum Thema: *Genrewahl hinsichtlich des Alters der Lesenden* durch. Er hat ein ganzes Dossier zu dem Thema *Entwicklungen in der Buchbrache* gefunden, das sogar erstaunlich aktuell ist.

Als er sich am frühen Nachmittag seine Analyse abschließend und kontrollierend anschaut, fällt ihm allerdings etwas auf. *Verdammt.* Er schnappt sich seinen Laptop und steht auf. Dafür muss er leider mit Hayes sprechen. Auf der Suche nach ihm läuft er durch das ganze Büro. Wo ist dieser Mann? Er kann doch nicht einfach verschwunden sein.

„Was suchst du?", fragt Declan irritiert, als er auch in dessen Abteilung vorbeikommt.

„Wen", korrigiert Theo ihn sofort. „Hayes."

„Oben auf der Dachterrasse. Mach nichts Dummes."

„Es geht um die Arbeit", antwortet Theo nur. Eine Jacke hat er natürlich nicht mit. Er öffnet die Tür und die kühle Dezemberluft hüllt ihn sofort ein. Er erschaudert, geht aber nicht zurück ins Gebäude. Hayes sitzt in eine Decke gehüllt und tippt auf seinem Laptop. Seine Nase ist von der Kälte gerötet, aber ein sanftes Lächeln umspielt seine Lippen. Ihm scheint nicht kalt zu sein. Es erinnert Theo daran, wie Hayes früher im Winter dick eingepackt auf dem Sofa gesessen und geschrieben hat.

„Hast du kurz Zeit?", durchbricht er die Stille und fragt sich einen Moment, wieso Hayes wohl hier oben sitzt.

„Sonst hätte ich dich schon wieder weggeschickt", antwortet Hayes, ohne aufzusehen.

„Du hast bemerkt, dass ich hier bin?"

„Natürlich", erwidert er nur, als wäre es selbstverständlich. Theo tritt näher an den Tisch heran.

„Ich habe die Analysen fertig, aber da du immer mit einbezogen werden möchtest, brauche ich dein okay, bevor ich es Majid gebe." Unschlüssig steht er am Tisch. Hayes hört auf zu tippen und sieht zu ihm.

„Zeig her."

Theo reicht ihm den geöffneten und entsperrten Laptop.

Hayes' Augen fliegen über die Zeilen. „Klingt für mich alles logisch, aber ich habe kein Marketing studiert."

„Entspricht die Zielgruppe den Menschen, die du ansprechen willst?", fragt Theo ihn sicherheitshalber noch einmal und verschränkt die Arme vor der Brust. Ihm wird langsam wirklich kalt hier oben. Hayes zuckt mit den Schultern. „Ich möchte alle Personen erreichen, die sich für das Thema meines Buches interessieren. Dabei ist mir das Alter oder das Geschlecht nicht wichtig."

Hilfreich, denkt Theo sich und seufzt leise. „Für das Marketing ist es aber wichtig. Also?"

„Ja, das passt für mich alles so." Als er sagte, er will mit einbezogen werden, meinte er nicht diese Analysen. Er meinte vor allem das Lektorat, das Design und die Marketingmaßnamen, aber das sagt er Theo jetzt nicht.

„Gut. Ich gehe wieder rein, man erfriert hier oben ja." Hayes beißt sich auf die Zunge, um ihn nicht zu fragen, wieso er keine Jacke angezogen hat. Theo erkältet sich schnell, dass wissen sie beide, und so hier hochzugehen, provoziert es doch nur heraus, dass er morgen zumindest einen Schnupfen haben wird.

Hayes nickt nur, zieht die Decke enger (obwohl ihm eigentlich nicht kalt ist) und widmet seine Aufmerksamkeit wieder seinen Charakteren und dem Plot.

Wenn er ehrlich zu sich selbst ist, weiß er schon längst, dass die Charaktere spätestens ab der Hälfte des Buches sich sowieso verselbstständigen werden und der Plot, so wie er ihn jetzt schreibt, hinfällig sein wird. Dennoch erstellt er einen, das macht er immer. Fin versteht das nicht. Er hat ihm einmal versucht das zu erklären. Es gehört zum Prozess und ist deswegen notwendig, aber Fin hat ihn nur fragend angeschaut und geantwortet: „Wenn du es sowieso am Ende nicht nutzt, ist es doch total unnötig, es vorher zu machen."

8. Kapitel

Theo schickt Majid die Analyse und legt alles im Intranet ab. Er geht zu ihm an den Schreibtisch, als sie Feierabend machen.

„Hayes hat es schon abgesegnet, ich habe mit ihm gesprochen."

„Die Analyse?", fragt er irritiert. Theo nickt.

„Du weißt, dass es ihm nicht darum ging, als er meinte, er will involviert sein, oder?"

„Äh…"

Majid sieht Theo kritisch an, sagt dann aber nichts mehr, denn Daya unterbricht die beiden.

„Heute Abend ins Joe's?"

„Was?"

„Das ist die Bar gegenüber", antwortet Majid ihr und zieht seinen Mantel an.

„Wieso nicht, wir waren da lange nicht mehr."

„Sehr gut, ich sage Declan Bescheid", lächelt sie und verschwindet wieder. Freitagnachmittag und ein Feierabendbier. Das passt Theo perfekt. Er nimmt seine Sachen und sie warten am Aufzug auf die anderen. Declan und Daya kommen wenig später. Und Hayes. Verwundert bemerkt Theo, dass er jetzt nicht mehr die große Tasche dabei hat.

„Was ist?", fragt Hayes, als sie in den Aufzug steigen.

„Wo hast du deine Sachen gelassen?"

„Unter Declans Schreibtisch", antwortet Hayes schulterzuckend.

„Welche Sachen?", möchte Daya neugierig wissen.

„Meine Decke und meinen Laptop", antwortet Hayes ihr. „Ich möchte die Sachen ungerne mit in die Bar nehmen."

„Du kommst mit in die Bar?", fragt Theo irritiert.

„Ja. Teambuilding und so", sagt Daya zufrieden. *Verdammt.* Beinahe hätte Theo laut geflucht.

„Decke?", fragt Majid irritiert.

„Oh, ich habe heute auf der Dachterrasse gearbeitet", erklärt Hayes ihm. „Meine Nachbarn renovieren und es ist wirklich laut, also habe ich den Tag hier verbracht." Ihm gefällt es dort sehr gut und vielleicht lässt er die Decke einfach hier. Vermutlich wird er nächste Woche, wenn denn gutes Wetter ist, auf dem Dach sitzen und arbeiten.

„Könnte dich da nicht jemand sehen?", fragt Theo skeptisch.

„Ich habe ja kein Schild auf der Stirn kleben, auf dem steht, wer ich bin. Hier im Gebäude sind sechs Unternehmen, ich denke nicht, dass sich jemand wundert, wenn dort jemand sitzt", antwortet Hayes ihm und Theo schlägt sich innerlich gegen die Stirn. Da hat Hayes recht. Wieso ist er nur so dämlich?

Sie setzen sich an einen Tisch. Majid hat dem Barkeeper gerade schon gewunken. Theo überlegt einen Moment, ob er ihm nur gedeutet hat, dass sie eine Runde bestellen oder ob er ihn tatsächlich kennt.

„Was möchtet ihr trinken?", fragt einer der Kellner wenig später in die Runde.

„Ein Bier, bitte", bestellt Majid.

„Mach zwei draus."

„Drei", klinkt Daya sich ein.

„Ein Ipanema, bitte", fügt Declan hinzu. Hayes studiert noch die Karte. *Cosmopolitan*, denkt Theo sich. Er wird sowieso einen Cosmo nehmen. Das tut er immer, wenn er sich nicht entscheiden kann.

„Einen Cosmopolitan, bitte", lächelt Hayes wenige Sekunden später und legt die Karte weg. Theo wusste es. Hayes' Blick trifft seinen. Sie denken beide das gleiche: Es hat sich seitdem nicht verändert. Hayes bricht den Blickkontakt als erstes und die Zeit läuft weiter.

„Darf ich Sie etwas fragen?", ergreift Daya das Wort und sieht Hayes an.

„Sicher", lächelt er und nimmt sich ein paar Erdnüsse aus der Schale, die in der Mitte des Tisches steht.

„Wenn Sie es nicht beantworten möchten oder es zu persönlich ist, ist das natürlich okay, aber ich habe mich gefragt, ob sie einen eigenen Touchpoint zu der queeren Community haben. Schließlich schreiben Sie darüber."

Für einen Moment ist Theo verwirrt, aber dann fällt ihm wieder ein, dass es nie zur Sprache gekommen ist. Hayes ist gut gelaunt. Er lächelt und antwortet: „Ich lable mich nicht. So gesehen bin ich nicht hetero und schon irgendwie queer. Ihr könnt mich übrigens ruhig Hayes nennen."

Declan schielt zu Theo. Er kann die Augen nicht von Hayes lassen.

„Das muss aber nicht unbedingt in meinem Autorenprofil im Buch stehen, okay? Ich möchte so anonym wie möglich bleiben."

Majid nickt sofort. „Klar, kein Problem."

Sie gehen locker damit um, dass Hayes nicht hetero ist. Theo könnte sich jetzt natürlich auch outen – immerhin ist er absolut schwul, aber er möchte Hayes den Moment nicht stehlen, das gehört sich nicht. Also dreht er das Glas Bier in seinen Händen und hält sich zurück.

Normalerweise ist er sehr kommunikativ und Teil der Unterhaltungen, aber heute kommt er nicht so richtig rein. Hayes hingegen versteht sich mit dem Team super. Er spricht mit Majid über irgendein Konzert, was bald in London stattfindet. Theos Stimmung kippt, als sie darüber sprechen, ob sie nicht gemeinsam dorthin gehen sollten. Es ist erst in sechs Monaten, aber die Tickets gibt es schon. Theo trinkt sein Bier aus und bestellt ein zweites.

„Was ist mit euch, wollt ihr auch mit?", fragt Majid in die Runde.

„Ich wäre dabei", stimmt Declan zu.

„Ich bin im Urlaub", verneint Daya. Dann liegt der Blick auf Theo. „Was ist mit dir?", fragt Majid ihn.

„Äh, keine Ahnung. Ich… ich bin gerade erst in London angekommen und…" Nur Declan durchschaut es. „Du kommst mit", bestimmt er kurzerhand.

Theo sieht ihn schockiert an. „Das kannst du doch nicht einfach so entscheiden."

„Klar kann ich. Habe ich gerade."

Majid lacht. „Schon scheiße, wenn man jemandem aus dem Team schon so lange kennt."

Theo grinst. „Stimmt, wir sollten Declan rauswerfen."

Er taut nun doch auf und mit jedem Bier wird es weniger schlimm, dass Hayes Teil der Runde ist.

Vielleicht wird er auch nur mutiger. Oder er kann dieses Gefühl in seiner Brust besser verdrängen, wenn er angetrunken ist, wer weiß.

Irgendwann erzählt Daya von ihrem Verlobten. Er arbeitet nur wenige Straßen weiter und Declan und Majid kennen ihn offenbar.

„Ich habe ihm letzten Sommer einen Antrag gemacht. Ich wusste, dass er mit dem Gedanken gespielt hat, aber er hat sich nicht getraut und irgendwann wurde ich ungeduldig", meint sie und zuckt mit den Schultern. „Er war überrascht und hat ja gesagt. Dann hat er zugegeben, dass er unglaublich Schiss hatte und sehr froh darüber ist, dass ich ihn gefragt habe", grinst sie.

Declan schmunzelt. „Selbst ist die Frau."

„Allerdings", nickt sie zufrieden.

„Theo, was ist mit dir?"

„Was?"

„Hast du jemanden?", möchte sie wissen. Irritiert sieht Theo sie an. Wieso sollte er jemanden haben?

„Äh… nein, im Augenblick nicht", bringt er heraus.

Declan sieht ihn skeptisch und fragend an. „Weil du nach London gezogen bist?", möchte er wissen.

Natürlich versteht Theo, worauf diese Frage abzielt.

„Nein, auch in New York gab es niemanden. Ich habe mich in den letzten Jahren sehr auf die Arbeit konzentriert. Eine feste Beziehung war einfach nicht drin", weicht Theo aus.

„Ich weiß, was du meinst. Ich habe auch keine Lust, wieder in dieser Kennenlernphase festzuhängen", stimmt Majid zu.

„Ja. Genau", murmelt Theo schnell und trinkt sein Bier.

Hayes ist überrascht. Er versucht es sich nicht anmerken zu lassen, aber das klappt nicht sonderlich gut.

„Was ist?", fragt Theo ihn direkt.

„Nichts."

„Wirklich?", hakt er nach. Hayes zuckt mit einer Schulter. „Ich hätte nicht gedacht, dass jemand wie du so lange schon in keiner Beziehung mehr war."

„Jemand wie ich?", fragt Theo überrascht. Hayes sucht gedanklich verzweifelt nach den richtigen Worten. Scheiße, er hätte Theo einfach nicht ansehen sollen.

„Gutaussehend, charmant", wirft Declan ein und rettet Hayes damit. Er wirft ihm einen dankbaren Blick zu.

„Danke, Hunt, aber ich stehe nicht auf dich."

„Weiß ich doch", grinst Declan. „Ich würde sowieso nichts mit dir anfangen. Bei deinen Kochkünsten hätte ich Angst, vergiftet zu werden."

„Hey! So schlimm ist es nicht!", beschwert Theo sich sofort. Seine Kollegen lachen.

„So schlimm?", fragt Daya amüsiert.

„Schlimmer", antwortet Declan.

„Ey! Ein Gericht kann ich richtig gut."

„Und du meinst, das reicht, um zu überleben?", grinst Majid.

„Entschuldigt mich." Hayes steht auf und geht zu den Waschräumen. Natürlich weiß er, wovon Theo spricht. Natürlich kennt er dieses Gericht und er mag es wirklich gerne. Mochte. Es ist bescheuert, aber seit damals mag er es nicht mehr. Es hat ihn zu sehr an die Abende erinnert, als Theo es für sie gekocht hat.

Theo sieht ihm hinterher, aber das merkt Hayes nicht mehr. Kurz glaubt er, Hayes müsste gar nicht wirklich auf die Toilette, sondern sei geflüchtet. Dann verwirft er diesen Gedanken. Er sollte nicht immer zu viel in eine Situation reininterpretieren. Hayes hat sehr deutlich gemacht, dass ihn die Vergangenheit nicht mehr kümmert. Ihn wird wohl kaum ein einfaches Gericht triggern.

Hayes bleibt einige Minuten weg und Theo sitzt auf der Zeit wie auf heißen Kohlen. Er ignoriert den Drang, ihm hinterherzulaufen. Er will ihm nah sein, aber er ruft sich ins Gedächtnis, dass das eine furchtbare Idee ist. Er ist damals schließlich nicht ohne Grund nach New York gezogen. Er muss sich dringend daran erinnern, dass es die bessere Entscheidung war. Nur weil einige Jahre vergangen sind, bedeutet das nicht, dass die Vergangenheit ungeschehen ist.

Scheiße, wieso hat er da nicht früher drüber nachgedacht?

Er hat Hayes vermisst, den alten Hayes. Er muss aufhören, sich etwas vorzustellen, was nicht passieren wird.

Unterdessen steht Hayes im Waschraum vor dem Spiegel und starrt seinem Gegenüber in die Augen. Das muss dringend aufhören. Er wird nicht noch einmal diese Scheiße mitmachen, nur damit Theo wieder abhauen und ans andere Ende der Welt ziehen kann.

Sein Spiegelbild blickt ihm fast schon verhöhnend entgegen. Er hat noch Gefühle für Theo. Auf eine verkorkste Art und Weise fühlt er etwas für ihn. Er ist sich allerdings nicht sicher, ob er verliebt ist, oder ob es die Enttäuschung und Wut von damals ist, die Theo wieder aufleben lässt. Zumindest geht seine Anwesenheit nicht spurlos an ihm vorbei. Er wäscht sich mit eiskaltem Wasser die Hände und legt eine dann kühlend an seinen Nacken. Es geht um seine Karriere, seinen Job. Er muss ausblenden, wer Theo ist. Das, was er beruflich tut, ist für ihn wichtig, alles andere ist irrelevant. Wieso hätte er nicht sagen können, dass er seit Jahren in einer glücklichen Beziehung ist? Dann würde Hayes keinen Gedanken daran verschwenden, dass er Single und damit theoretisch zu haben ist. *Verdammt.*

9. Kapitel

„Was hältst du von einer Lesereise?"

Hayes sieht auf. Theo steht in der Tür zu dem kleinen Konferenzraum, wo er gerade arbeitet. Es regnet, also war die Dachterrasse keine Option. Der Raum ist den ganzen Tag frei, weswegen Hayes sich hierher verziehen konnte, um zu arbeiten. Er ist in der IT-Abteilung, weit genug weg, dass er Theo nicht ständig sehen muss. Der hat ihn trotzdem gefunden und sieht ihn abwartend an.

„Das wäre perfekt, um die Bindung zu deinen Leserinnen und Lesern zu stärken und auch um den zweiten Teil anzuteasern und…"

„Vergiss es", unterbricht Hayes ihn sofort.

„Was? Hör dir meinen Plan doch erst einmal an", antwortet Theo und verschränkt die Arme vor der Brust. Er kann es nicht leiden, wenn Kunden so stur sind. Den ganzen Vormittag hat er sich Notizen zu möglichen Inhalten und Plänen einer Lesereise gemacht und jetzt bügelt Hayes ihn einfach so ab? Ganz bestimmt nicht.

„Ich werde nirgendwo etwas aus meinem Buch vorlesen. Ich bin eine anonyme Person, schon vergessen?"

„Und wenn wir dir eine Maske aufsetzen? Klappt bei Musikern doch auch", antwortet Theo ihm. Hayes schüttelt dennoch den Kopf. „Vergiss es. Denk dir etwas anderes aus."

„Du solltest darüber nachdenken"

„Und du solltest meine Wünsche respektieren. Du weißt, dass meine Privatsphäre ganz oben auf der Prioritätenliste steht. Dir hätte klar sein können, dass ich diesem Vorschlag nicht zustimmen werde", stellt Hayes klar.

Theo verdreht die Augen und geht wieder zurück an seinen Schreibtisch. *Dir hätte klar sein können, das… bla bla bla.* Und Hayes hätte klar sein können, dass so eine Reise als Autor wirklich wichtig ist. Er ist doch nun wirklich schon lange genug in der Branche, um das zu wissen, oder nicht? Theo lässt sich auf seinen Schreibtischstuhl fallen, speichert das Dokument und schließt es dann. Auf seiner To Do Liste stehen noch einige andere Dinge, die erledigt werden müssen. Unter anderem der Kontakt zu

Buchbloggern. Er erstellt eine Liste, mit Personen, die in Frage kommen. Es dauert einige Stunden, bis er Leute gefunden haben, die in Frage kommen könnten, aber schließlich ist er mit seiner Auswahl sehr zufrieden.

„Schau da mal bitte drüber, du kennst dich in dieser Branche besser aus als ich."

„Du bist schon wieder hier?", fragt Hayes verwundert. Theo geht zu ihm an den Tisch und legt ihm die Liste hin.

„Ich arbeite hier", antwortet er lediglich.

„Sind das Buchblogger?"

„Ja. Ich weiß nicht, ob du Favoriten hast oder jemanden nicht magst, deswegen bin ich hier", erklärt Theo ihm. Hayes nimmt sich ein Stift und lässt seinen Blick über die Liste gleiten. Er kennt einige dieser Leute. Ein paar scheinen ihm unpassend zu sein, die streicht er durch. Dabei spürt er die ganze Zeit Theos Blick auf sich.

„Ich möchte noch zehn kleine Accounts auf diese Liste haben."

„Zehn? Das Budget haben wir nicht", lehnt Theo ab.

„Doch, weil man diesen Leuten nicht so viel zahlen muss", widerspricht Hayes ihm. Theo weiß, dass er recht hat.

„Wieso? Die anderen bringen viel mehr Reichweite", argumentiert er.

„Ich habe auch einmal mit einer kleinen Auflage und wenig Followern angefangen. Man muss manchmal einfach eine Chance bekommen. Ich möchte zehn Menschen diese Chance bieten. Such queere Accounts raus, Leute, die aus der Menge herausstechen und guten Content machen, aber einfach noch nicht so lange dabei sind", bittet Hayes ihn und lächelt dabei. Dieses verdammte Lächeln. Theo kann ihm dann nichts abschlagen.

„Schön. Ich setze mich dran."

„Danke", sagt Hayes ehrlich.

Theo schielt auf seinen Laptop, als er sich die Liste wiedernimmt. „Ein Kalender?"

„Für das nächste Buch, sonst komme ich mit den zeitlichen Abläufen in der Geschichte irgendwann durcheinander."

„Aha." Theo sollte ihn nichts fragen. Er sollte wieder zurück an seinen Arbeitsplatz kehren und Abstand zwischen sie beide bringen. Erst, als er den Raum verlassen hat, bemerkt er, dass Hayes ihn weder weggeschickt, noch trocken und kalt mit ihm gesprochen hat. Er hat gelächelt, ehrlich und nicht aufgesetzt.

Theo verschlägt es die Sprache. Hat er Halluzinationen? Bestimmt.

Hayes lehnt sich nach hinten und streicht dich die Haare nach hinten. Sein Blick ist auf den Kalender gerichtet, an dem er gerade arbeitet. Er könnte schon längst fertig sein, das weiß er, aber nachdem Theo vor einer Stunde hier zum zweiten Mal einfach so reingeplatzt ist, rechnet er damit, dass es ein drittes Mal passieren könnte. Das bringt ihn durcheinander. Nein, ihn bringt durcheinander, dass diese geschäftlichen Unterhaltungen ihn derart ablenken können. Und er mag es nicht. Theo hat einen verdammt großen Einfluss auf ihn und Hayes betet, dass er es nie herausfindet. Sonst ist er am Arsch.

Theo findet Accounts, die zu Hayes passen. Kurz denkt er darüber nach, wieder zu ihm zu gehen, und sie ihm zu zeigen, aber dann beschließt er, dass er genau weiß, wie sein Job funktioniert. Er bereitet eine Nachricht vor, die er zuerst den großen Accounts zukommen lässt. Das Budget hat er sich vorhin bereits von Sasha absegnen lassen. Anschließend kümmert er sich um die kleinen Accounts und ist erstaunt, wie schnell einige von ihnen antworten.

Er schafft bis zum Feierabend noch ziemlich viel. Vier Werbeverträge sind bereits unterschrieben zurückgekommen und von drei weiteren Personen hat er eine schriftliche Zusage. Es ist ein gutes Gefühl, als er den Computer herunterfährt und seine leere Teetasse in die Spülmaschine räumt. Sasha kommt in die Küche.

„Ah, Theo. Ich muss dich noch etwas fragen."

Verwundert sieht er sie an.

„Bald wird der erste Testdruck für Ed Ward erfolgen und zeitlich soll die Produktion der endgültigen Bücher anlaufen. Alle Teammitglieder können dann ein kostenloses Exemplar bekommen, möchtest du auch eins?"

„Von Hayes' neuem Buch?"

Sasha nickt. Damit hat Theo jetzt nicht gerechnet.

„Ähm... danke, aber denke nicht", weicht er aus.

„Ich habe im Moment genug um die Ohren und muss erst einmal meine Wohnung einräumen."

„Du liest nicht", bemerkt Sasha und Theo flucht innerlich.

„Nein… also doch. Selten. Und keine Liebesromane."

„Sondern?"

„Wenn ich mal dazu komme, Krimis", erwidert Theo. Das ist sogar die Wahrheit. Und er will kein Buch von Hayes bei sich zuhause stehen haben, der Grund ist viel ausschlaggebender. Das kann er Sasha schlecht sagen.

„Okay. Wenn du es dir anders überlegen solltest, sag Bescheid." Er lächelt kurz. „Danke, mach ich."

Hayes' Tag war gut. Er hat viel geschafft. Jetzt bereut er es, so lange im Büro geblieben zu sein. Er hätte nur fünf Minuten eher gehen müssen, dass wäre sein Stimmung jetzt nicht derart am Boden. Er verkriecht sich zuhause. Er trinkt einen heißen Kakao mit Zimt und gießt seine Pflanzen. Seitdem er Thriller schreibt, gestaltet er seine Wohnung so lebensfroh und einladend wie möglich. Er muss gegen die dunklen Gedanken ansteuern, die kommen, sobald er über einen Plot seiner Bücher nachdenkt. Erst hat er sich gewundert, als ihm aufgefallen ist, wie hell seine Einrichtung geworden ist, aber dann hat er erfahren, dass es vielen Schreibenden so geht. Einige von ihnen schlafen sogar nur noch mit Licht.

Schon verrückt, das die eigene Vorstellungskraft anrichten kann.

Er will es nicht zugeben, aber der heutige Tag hat ihn mitgenommen. Er kann nicht anders, als ständig daran zu denken. Er hasst es, dass es ihn derart trifft. Es ist nicht einmal überraschend, aber es zerstört sein Wunschdenken. Er seufzt und greift nach seinem Handy. Inzwischen weiß er genau, dass es nur besser wird, wenn er darüber redet. Also ruft er Fin an, dem muss er immerhin nicht die ganze Geschichte von vorne bis hinten erklären.

Connor hat hingegen keine Ahnung, was passiert ist, weswegen Theo damit hadert ihn anzurufen. Aber mit Declan kann er nicht sprechen und er wird kaum seine Mutter und eine seiner Schwestern anrufen, um sich auszuheulen. Er dreht noch durch. Er arbeitet nicht einmal vier Wochen dort und schon ist er völlig durch den Wind. Er schläft schlecht und wenn er ehrlich zu sich selbst ist, sucht er Gründe, um zu Hayes zu gehen und mit ihm zu sprechen. Das kann so nicht weitergehen. Connor ist gut in so etwas. Er gibt immer allen ihren Freunden Beziehungsratschläge und bisher hat es sich meistens ausgezahlt.

> Theo:
>
> Bist du wach?

> Connor:
>
> Hab gleich Mittagspause, Sherlock

Das reicht ihm, als Bestätigung, dass er ihn anrufen kann. Connor geht sofort dran – natürlich tut er das, es ist Connor.

„Was gibt's? Vermisst du New York?", fragt er direkt gut gelaunt.

„Ein bisschen", gibt Theo zu und trinkt einen Schluck Bier.

„Ich liebe London, aber…" Wie soll er Connor sagen, dass er Hayes wiedergesehen hat? Connor weiß nicht einmal, wer Hayes ist.

„Aber?"

„Ich muss hier mit jemandem zusammenarbeiten."

„Ist das gut oder schlecht?", hakt Connor irritiert nach. Wenn er es nicht besser wüsste, würde er sagen, dass Theo Liebeskummer hat. Das ist so unwahrscheinlich, wie ein Schneesturm im Sommer, das wird es also nicht sein.

„Ich wusste, dass du nicht lange damit klarkommen wirst."

„So schlimm ist es nicht." Er seufzt. Sein bester Freund schüttelt den Kopf, aber das sieht er natürlich nicht.

„Wem willst du etwas vormachen, mhm?"

„Tue ich nicht."

„Nein? Und was tust du dann?"

„Ich rede es mir schön?"

Es klingt mehr wie eine Frage als alles andere. Er ist sich schlichtweg nicht sicher, was er da wirklich tut.

„Wie lange musst du noch mit ihm arbeiten?"

„Naja, plan jetzt ist, dass die Reihe noch zwei weitere Bücher bekommt. Theoretisch."

„Also ziemlich lange."

„Der Verlag ist gut. Ich mag es dort."

„Er muss dort verschwinden."

„Ich habe nie erzählt, wieso ich damals aus London abgehauen bin."

„Abgehauen? Ich dachte, du wärst wegen des Jobs hergezogen?", fragt sein ehemaliger Kollege irritiert.

Er seufzt. „Auch. Aber hauptsächlich bin ich abgehauen."

„Wovor?"

„Vor wem", korrigiert er sofort. „Mein... keine Ahnung. Ein Kerl. Ich bin ihm an meinem ersten

Arbeitstag wieder über den Weg gelaufen", erzählt er und fasst die letzten Tage knapp zusammen.

„Du vermisst ihn", versteht sein bester Freund.

Er schüttelt den Kopf. „Nein, so kann man das nicht sagen. Er hat sich verändert. Wie soll ich jemanden vermissen, der vor mir steht?"

„Das geht, glaub mir."

Er ist sich nicht so sicher, ob er ihm glauben soll.

„Und was willst du bitte machen?"

„Ihn feuern lassen." Sein bester Freund antwortet es so trocken, dass er es für einen kurzen Moment ernst nimmt.

Dann verdreht er die Augen. „Spinn nicht rum."

Sobald er das ausspricht, zweifelt er, dass es wirklich nur ein Witz war. Er ist sich sogar ziemlich sicher, dass er es irgendwie hinbekommen würde. Irgendwie.

„Du wirst ihn nicht feuern lassen."

„Jedenfalls will er, dass wir nur auf professioneller Ebene miteinander arbeiten und uns ansonsten aus dem Weg gehen."

„Du willst etwas anderes."

„Keine Ahnung." Er weiß es tatsächlich nicht so richtig. Er weiß nur, dass er wahnsinnig wird, wenn das so weiter geht.

„Ich habe kurz überlegt, ob ich meine Chefin bitten soll, mich einem anderen Team zuzuweisen, aber…"

„Aber dann würdest du ihn nicht mehr sehen und hättest keinen Grund mehr, dich mit ihm zu unterhalten."

„Ist das so durchsichtig?"

„Mich würde es ehrlichgesagt wundern, wenn er es noch nicht bemerkt hat. Ich bin zwar nicht vor Ort, aber wenn es so ist, wie du erzählst, stellst du dich ziemlich dumm an."

„Danke. Hilfreich", antwortet er sarkastisch, aber das kümmert den Mann am anderen Ende der Welt nicht. Er kennt ihn nicht anders und kann inzwischen gut mit dieser Art umgehen.

Sein Gesprächspartner seufzt. „Okay. Dann nicht. Was du allerdings tun kannst, ist dafür zu sorgen, dass er in einem anderen Team arbeitet."

„Aha?"

„Die wollen dich als Autor. Du bist für sie ein Goldesel."

„Danke."

„Deswegen werden sie wohl kaum zulassen, dass du die nächsten Romane bei einem anderen Verlag veröffentlichen lassen wirst. Du kannst die Bedingung stellen, dass du nicht

mit ihm zusammenarbeiten möchtest. Das klappt garan-
tiert." Er schüttelt den Kopf und verneint. Das kommt
nicht in Frage. „Er hat gerade erst dort angefangen. Er ist
noch in der Probezeit."

„Dann wird er halt gefeuert, wieso ist das dein Problem?"
Er schweigt. In diesem Moment versteht sein bester Freund,
was wirklich Sache ist.

„Das ist bescheuert, das weißt du hoffentlich? Du solltest dir
keine Sorgen um ihn machen. Du solltest nicht einmal an
ihn denken."

„Theoretisch weiß ich das."

„Und du tust es trotzdem."

Er muss darauf nicht antworten. Sie wissen beide, dass er es
trotzdem tut, so dämlich wie es auch ist.

„Und wenn du ihm die Wahrheit sagst?"

„Hast du Lack gesoffen?"

„Also nein."

„Garantiert nicht. Wir sind damals nicht im Guten
auseinander gegangen."

„Und Ihr habt nie darüber geredet", fügt der andere hinzu. Er verdreht die Augen. „Nein, das war
nicht nötig. Es war sehr eindeutig."

„Dafür hat er sich aber in deinem Kopf ganz schön festgesetzt." Wenn es doch nur der Kopf wäre. Damit könnte er umgehen, vielleicht.

„Ich glaube, ich werde erst einmal nicht mehr ins Büro gehen."

„Was ist passiert?"

„Wieso muss etwas passiert sein?"

„Verarsch jemand anderen." Er schweigt einen Moment. Wieso kennt er ihn nochmal so gut? „Ich habe etwas gehört, was ich nicht hätte hören sollen."

„Oh Gott, das fängt schon scheiße an."

Er seufzt. „Es wird nicht besser."

„Davon bin ich nicht ausgegangen. Also? Was hat er angestellt?"

„Seine Chefin hat ihn gefragt, ob er auch eine Ausgabe meines Buches haben möchte. Alle aus dem Team bekommen eine", fängt er an zu erzählen. „Er hat geantwortet, dass er keins will."

„Idiot."

„Ich schätze, er wird es nie lesen."

„Wieso ist das wichtig?" Er schweigt. „Hayes? Wieso ist das wichtig?"

„Sorry, Fin. Ich muss los." Dann legt er auf.

10. Kapitel

Hayes zieht es tatsächlich durch. Er geht ein paar Tage nichts ins Büro. Stattdessen arbeitet er von zuhause aus – wenn man das denn arbeiten kann. Wie lange braucht es wohl, um eine Küche einzubauen? Es ist auf jeden Fall zu laut für ihn, da bringen ihm seine Kopfhörer auch nicht viel. Manchmal vibriert sogar sein Schreibtisch. Ihm ist bewusst, wie viel er schaffen könnte, wenn er ins Büro gehen würde, aber er will nicht. Er braucht eine paar Tage abstand, um seinen Verstand wieder zu ordnen und seine Gedanken nicht ständig von Theo dominieren zu lassen. Irgendwann kommt er zu dem Schluss dass es doch ganz gut ist, dass Theo das Buch nie lesen wird. So wird er nie erfahren, dass Hayes auch noch drei Jahre nachdem er weggezogen ist, an ihn gedacht hat. Er hat es verarbeitet, indem er dieses Buch geschrieben hat. So weit so gut.

Aber er hat das Buch nicht geschrieben, nur um sich einzugestehen, dass er doch nicht über Theo hinweg ist und dass es ihn umhaut, wenn er vor ihm steht. Dass es ist durcheinander bringt und dass er, wenn er sein Parfum riecht, weiche Knie bekommt. Das war so nicht geplant.

Es ist Freitag, als er den Krach zuhause nicht mehr aushält und wieder in Büro fährt. Er ist extra früh unterwegs und verzieht sich sofort auf die Dachterrasse. Die Sonne scheint und wärmt ihn ein bisschen unter der Decke. Der Kaffee dampft und zufrieden macht er sich an die Arbeit.

Theo bemerkt nicht, dass Hayes einige Etagen über ihm im Freien sitzt. Er ist in seine Arbeit vertieft. Die ganze Woche hat es gut geklappt. Er will glauben, dass er sich eingearbeitet hat und deswegen so produktiv ist. Er lässt den Gedanken, dass es daran liegen könnte, dass Hayes nicht hier ist, nicht zu. Seine eigenen Gedanken zu verdrängen, hat er in den letzten Jahren gelernt. Man könnte sagen, er hat es perfektioniert. Hätte er das nicht getan, wäre er mit ziemlicher Sicherheit durchgedreht.

Mittags setzt sich Declan zu ihm. „Wird es besser?"

„Was meinst du?"

„Hayes."

„Können wir bitte nicht über ihn reden?"

Declan seufzt und sieht ihn erwartungsvoll an.

„Du weißt, dass es das nicht besser macht."

„Ich erledige meinen Job und das sogar ziemlich gut", stellt er klar, aber Declan lässt sich locker.

„Erst lässt du die Augen nicht von ihm und jetzt verkriechst du dich in die Arbeit. Meinst du nicht, es ist aufgefallen, dass du die ganze Woche Überstunden gemacht hast?"

„Du bist nicht mein Chef, was geht dich das an", antwortet Theo abweisend.

„Weißt du was? Wir gehen heute Abend auf den Weihnachtsmarkt. Ich wette, da warst du dieses Jahr noch nicht."

„Ach was, Sherlock."

„Gut. Ich frage die anderen auch", beschließt Declan zufrieden. Theo verdreht die Augen und ist froh, dass dieser lebensfrohe Idiot ihn endlich in Ruhe lässt. Er ist fast so schlimm wie Connor. Wobei der ihm wahrscheinlich dazu noch jeden Tag ungefragte Beziehungsratschläge geben würde.

Scheiße, wenn die beiden sich irgendwann mal begegnen sollten, hat er keine Chance mehr. Dann ist er geliefert. Er fragt sich den ganzen Tag, wie er aus der Weihnachtsmarktsache wieder herauskommt, aber dann wartet sein Team schon am Aufzug auf ihn.

Verdammt.

„Wohin wollt ihr denn?", fragt er in die Runde.

„Hyde Park", antwortet Declan sofort. Theo zuckt mit den Schultern und geht mit. Ihm ist im Prinzip recht egal, wohin sie gehen. Glühwein gibt es schließlich überall. Und Hayes ist nicht hier, das macht den Abend ungemein besser. Irgendwie. Und irgendwie auch nicht. Als sie aus der Tube steigen, merkt Theo, dass er fehlt. Er seufzt leise und flucht innerlich. *Hayes fehlt ihm nicht. Er hat ihm die letzten drei Jahre nicht gefehlt.* Beides gelogen und insgeheim weiß er das.

Wenn er es jedoch zugibt, wird es real und das ist viel schlimmer als das Gefühl, das seit seinem Arbeitsantritt hier permanent wie ein Brummen im Hintergrund präsent ist.

Sie holen sich eine Runde Glühwein und ergattern einen der begehrten Tische unter der Bude. Hier ist es etwas wärmer als draußen im Wind. Theo fröstelt ein bisschen. Er ist nach wie vor leicht erkältet. Er schiebt es auf das nasskalte Wetter in London, nicht auf den kurzen Besuch auf der Dachterrasse. Er muss sich einfach wieder akklimatisieren, dann wird das schon.

„Theo?"

„Mhm? Sorry." Er hat nicht einmal gemerkt, dass er seinen Gedanken anstatt der Unterhaltung gefolgt ist.

„Der Kerl da drüben ist doch ganz süß, oder?", fragt Daya ihn und deutet zur Theke.

„Nicht mein Typ", antwortet Theo direkt.

„Sag ich doch!", grinst Daya. Majid verdreht die Augen.

„Was? Worum geht es hier?"

„Ich mische mich nicht ein, ich kenne die Antwort schon."

„Hä?", irritiert sieht Theo seine Kollegen an.

„Daya meinte, dass du garantiert auf Männer stehst", erklärt Majid ihm. „Deswegen hat sie gesagt, dass der Kerl süß ist."

„Ich habe gesagt, dass er nicht mein Typ ist."

„Was impliziert, dass du einen Typen hast", schlussfolgert Daya. Theo verdreht die Augen, schmunzelt aber.

„Was war der Wetteinsatz?"

„Dass Majid eine Runde für uns schmeißt", grinst Declan. Jetzt ist Theo auch begeistert.

„Wenn das so ist, hat Daya recht. Ich bin absolut schwul."

„Das sagst du doch nur, damit ich verliere", erwidert Majid. Theo schüttelt den Kopf. „Nein, ich stehe tatsächlich nur auf Männer. Tut mir leid."

„Verdammt", flucht er, nimmt die leeren Gläser und geht zur Bar. Theo grinst zufrieden.

„Und du hast ihr nichts verraten?", fragt er Declan als Majid neue Getränke für sie bestellt.

„Sie hat fair gewonnen", bestätigt er und Daya nickt zustimmend.

„Aber wenn wir ehrlich sind, war es recht auffällig."

„Was?" Irritiert sieht Theo sie an. Declan schüttelt leicht den Kopf, aber das bemerkt Theo nicht.

„Ähm… so generell. Man merkt es irgendwie, finde ich."

„Wenn du meinst." Theo belässt es dabei. Seine Sexualität muss nicht Thema des Abends werden.

„Schaut mal, wer hier ist!" Theo sieht zu Majid, der ihnen Glühwein bringt. *Das darf doch nicht wahr sein.* Hinter ihm ist Hayes zu sehen.

„Was ein Zufall", lacht Daya und geht einen Schritt zur Seite, um mehr Platz an dem Tisch zu machen.

„Hi", lächelt Hayes und sieht in die Runde. „Das ist Finley." In diesem Moment taucht noch jemand neben Hayes auf.

Verdammt, das passiert jetzt nicht wirklich, oder?

Declan grinst und geht um den Tisch, um Finley zu begrüßen.

„War ja klar, dass du ihn auch kennst", kommentiert Majid amüsiert. Theo bleibt angespannt am Tisch stehen.

„Fin, das sind Daya, Majid und… Theo." Natürlich bemerkt jeder, dass Hayes zögert. Er war sich nicht sicher, ob er Theo Fin vorstellen soll. Sie kennen sich von früher. Es ist seltsam, dass sie vier wieder aufeinandertreffen. Es kommt Theo vor, als wäre er drei Jahre zurückgereist und würde mit der alten Freundesgruppe Glühwein trinken, anstatt mit seinem Team.

„Hi", sagt er knapp. Fin mustert ihn skeptisch, nein schon eher kritisch. Dann wendet sich Fin den anderen zu. Er ist also genau so extrovertiert wie früher. Alles andere hätte Theo auch gewundert. Er trinkt seinen Glühwein und hofft, dass Hayes gleich sagt, dass sie noch wen anders treffen und leider los müssen.

Diese Hoffnung schwindet mit jeder Minute. Offenbar sind sie tatsächlich nur zu zweit hier und haben Spaß daran, sich mit den anderen zu unterhalten.

Theo schafft es, ein Gespräch mit Majid aufzubauen. Er erzählt von seiner Arbeit in New York und schafft es dadurch, sich ein wenig von Hayes abzulenken.

Dieser wird von Fin mit dem Ellenbogen angestoßen.

„Sag es nicht", raunt er.

„Du weißt, was ich denke."

„Natürlich tue ich das."

Wenn man ihnen so zuhört, würde man wohl denken, sie sind seit mindestens 30 Jahren verheiratet. Fin hat Hayes aufgefangen, als Theo verschwunden ist. Deswegen kennen sie sich so gut. Ein Jahr später hat Hayes ihn aufgefangen, als ihm die Wohnung gekündigt wurde. Er hat drei Monate bei Hayes gewohnt. Jetzt sind sie… so. Hayes weiß selbst nicht genau, wie er es beschreiben soll. Er schielt zu Theo. Er unterhält sich mit Majid, aber Hayes bekommt nicht wirklich mit, worum es da geht. Er hat auch bei der Unterhaltung zwischen den anderen dreien den Faden verloren. *Super.*

Die Gläser leeren sich und er nimmt sie sich.

„Ich gehe mal eine neue Runde holen."

„Theo, gehst du mit? Majid war gerade", bittet Declan und schiebt ihm sein leeres Glas zu. Hayes presst die Lippen zusammen. Musste das jetzt sein?

„Sicher", zwingt Theo sich zu sagen und folgt Hayes zur Theke.

„Das hat er doch mit Absicht gemacht", sagt Theo, sobald sie außer Hörweite sind.

„Meinst du?"

„Hast du den Blick nicht gesehen? Natürlich", beharrt er. Hayes zuckt bei dem Ton fast zusammen. Es klingt, als würde Theo gezwungen werden, sonst was zu tun. Er geht nur mit ihm Glühwein holen, ist das wirklich so schlimm?

„Ich kann das auch allein machen", sagt er knapp, aber Theo schüttelt den Kopf. „Damit würden wir beide Declan einen Gefallen tun und ich bin nicht scharf darauf, es Majid und Daya zu erklären."

Hayes nickt. Er versteht es, irgendwie zumindest.

Theo will mit Hayes reden. Er versteht es selbst nicht so ganz und ordnet das Gefühl einfach dem Hintergrundbrummen zu, dass sowieso die ganze

Zeit da ist. Dass es Hayes nicht anders geht, weiß er natürlich nicht. Er hätte gerne länger mit Theo dort gestanden und geredet. Theo ist sofort wieder zu ihrem Tisch gegangen, als sie den Glühwein bekommen haben. Damit war Hayes' Chance dahin. Er hätte allerdings nicht einmal gewusst, was er Theo hätte sagen sollen. Er stellt sich dazu und trinkt einen Glühwein. Es ist sein dritter und inzwischen merkt er den Alkohol ganz gut. *Sich Mut anzutrinken ist keine gute Idee.* In der Theorie weiß er das. In der Praxis… je mehr man trinkt, desto irrelevanter wird diese Regel wohl. Außerdem trinken die anderen auch, also wieso nicht. Er wird ja nicht sturzbetrunken sein. So viel trinkt er nie. Er wird nur etwas fröhlicher und risikofreudiger. Das ist schon in Ordnung.

Fin bringt bei der nächsten Runde Shots mit und niemand hat etwas dagegen. Theo kippt den Schnaps sofort hinunter. Hayes trinkt ihn kurz danach.

Daya unterhält sich inzwischen mit ihm über ein Fußballspiel. Theo liebt Fußball. Er hat Hayes versprochen, ihn irgendwann mal zu einem Spiel mitzunehmen, aber das hat sich nie ergeben. Damals war Hayes nicht böse drum, immerhin findet er diesen Sport wirklich langweilig. Als Theo weg war, hat er sich gewünscht, dass er ihn zu einem Spiel abholen würde. Damals hätte er ihm garantiert jeden Spielzug erklärt und Hayes wüsste am Ende des Spiels nicht mehr als vorher, weil er einfach keinen Durchblick bei Fußball hat. Theo hätte es trotzdem versucht. Hayes ist sich nicht sicher, ob es wirklich so gewesen wäre, oder ob sein Gehirn ihm einen Streich spielt. Wunschdenken, das könnte es auch sein.

Eine Stunde später sind allesamt gut angeheitert.

„Die Gläser sind schon wieder leer", stellt Majid missmutig fest.

„Ich geh schon", sagt Theo amüsiert. Er merkt erst gar nicht, dass Hayes ihm folgt.

„Ich kann das allein."

„Das hatten wir schon", antwortet dieser und sie stellen sich in die Schlange.

„Was willst du hier?"

„Mir Glühwein holen", erwidert Hayes und beißt sich auf die Lippe. *Bloß nicht das sagen, was er denkt. Das wäre dumm, sehr dumm.*

„Du lügst."

„Tue ich nicht."

„Doch tust du", antwortet Theo. Er sieht das doch genau.

Hayes seufzt. „Schön, ich lüge."

„Also?"

„Was?"

„Wieso bist du hier?"

„Nur weil ich zugebe, dass ich lüge, muss ich dir noch lange nicht die Wahrheit sagen", entgegnet er knapp. Theo verdreht die Augen.

„Komm schon, Hayes. Ich bezweifle, dass du dich einfach mit mir unterhalten willst. Also?"

„Und wieso sollte ich das nicht wollen?"

Theo stockt. Bitte was? Er hat sich bestimmt verhört, das kann Theo nicht gesagt haben.

„Du hast sehr deutlich gesagt, dass du nur professionell mit mir zu tun haben willst. Du willst nur über die Arbeit mit mir sprechen."

Scheiße. Hayes sieht ertappt weg. „Ja, das hab ich gesagt."

„Und?"

„Nichts und." Theo verschränkt die Arme vor der Brust. Das ist ihm zu blöd. „Entweder du sagst jetzt, was du wirklich willst, oder du gehst bitte wieder an den Tisch zurück. Ich habe keine Lust, mich von dir verarschen zu lassen."

„Wieso sollte ich dich verarschen?"

Theo sieht ihn an, als müsste Hayes wissen, was er meint. Tut er nicht.

„Ich verarsche dich nicht. Wir haben… also wir werden viel miteinander zu tun haben und… wir müssen miteinander klarkommen", stottert Hayes heraus.

Mist, Theo macht ihn immer noch nervös. Das war so nicht geplant. Allerdings hätte er sich denken können, dass das passiert, sobald er ein bisschen getrunken hat.

Scheiße, er hat es vergeigt. Theo sieht ihn skeptisch an und Hayes wird sofort nervös.

„Tut mir leid, ich sollte nicht…" Ja, was sollte er nicht. Er weiß es gar nicht so genau.

„Mist", murmelt er. *Er hätte nicht so viel trinken sollen.* Nein, das hätte nichts gebracht. Er hätte sich zwar nicht so dämlich angestellt, aber er hätte sich auch gar nicht erst getraut, Theo zu folgen. Es ist dumm, was tut er hier nur? Wieso folgt er Theo? Das ist eine grauenhafte Idee.

„Hayes? Alles okay?"

„Was? Ja, natürlich", sagt er etwas zu schnell. Theo wird skeptisch. Hayes ist nur so, wenn er nervös ist. Irgendetwas stimmt hier nicht, das bemerkt

Theo ziemlich schnell. Er versteht nur nicht, was es sein kann. Er kann sich Hayes' Verhalten nicht erklären. Liegt es nur am Alkohol? Nein, das glaubt er nicht.

„Ich will einfach, dass wir miteinander klarkommen."

Theo sieht ihn skeptisch an. „Das hast du schon gesagt."

Stimmt, das hat Hayes schon gesagt. *Verdammt.*

„Können wir... ich sollte dir das alles gar nicht sagen. Ich habe nicht damit gerechnet, dass du plötzlich vor mir stehst. Ich war nicht darauf vorbereitet dich wiederzusehen", redet Hayes auf einmal drauf los.

Perplex sieht Theo ihn an. Woher kommen denn all diese Worte auf einmal?

„Lass uns eben raus gehen, okay? Ich bin nicht scharf darauf, dass meine Kollegen alles mitbekommen", unterbricht er ihn schnell und geht vor. Hayes läuft ihm hinterher. In diesem Moment fällt ihm wieder ein, dass er Theo vergessen sollte. Theo ist derjenige der gegangen ist. Nicht er. Theo ist derjenige, der ihm das Herz gebrochen hat, er wollte das nicht. Er wollte nicht, dass er geht. *Scheiße, was tut er hier nur?*

Draußen vor der Bude ist es deutlich kälter. Theo erschaudert. Er dreht sich zu Hayes um und verschränkt die Arme wieder vor der Brust. Hayes presst die Lippen zusammen. Er will es nicht aussprechen, aber alles in ihm, drängt ihn dazu. Er muss es loswerden. Er hat sich so oft in den letzten Jahren vorgestellt, wie es wohl sein wird, wenn er Theo wieder gegenübersteht. *Richtig gegenübersteht*, und nicht in einem Büro oder in einem Konferenzraum.

„Ich war auch nicht darauf vorbereitet, dich zu sehen, aber du hast mir sehr deutlich gemacht, wo ich stehe, also was soll das jetzt?", fragt Theo und beißt sich auf die Zunge. Er erinnert sich dadurch daran, nichts Falsches und Unüberlegtes zu sagen. Das ist gar nicht so einfach, so viel Alkohol, wie er schon intus hat. Die kühle Luft hilft ein wenig, sich zu konzentrieren.

„Es ist komisch zwischen uns."

„Was du nicht sagst, Sherlock."

Sie sehen sich an. Hayes zupft an seiner Jacke. Theo zwingt sich, ruhig dort stehen zu bleiben und nicht zu zeigen, dass ihn die Situation nicht unberührt lässt. *Fuck.*

„Ich weiß nicht, ob ich mit dir befreundet sein kann", sagt Hayes dann leise und sieht auf den

Boden. Es ist ihm so unendlich peinlich, das zuzugeben.

„Wie jetzt? Du denkst, wir werden Freunde?", fragt Theo irritiert. „Wie kommst du denn plötzlich da drauf?"

Hayes zuckt mit den Schultern und sieht wieder auf.

„Wir werden weiter zusammenarbeiten und... wenn wir immer mal wieder mit dem Team ausgehen, dann... ich weiß, dass das nicht gut für mich ist."

Theo schnaubt. Was denkt Hayes eigentlich, was er hier tut? „Also sagst du mir erst, wir müssen uns professionell verhalten, dann willst du, dass wir besser miteinander klarkommen, weil es seltsam zwischen uns ist und jetzt sagst du mir, dass wir dabei aber keine Freunde werden?"

Hayes verzieht den Mund. Es ergibt keinen Sinn, wenn Theo es so zusammenfasst, dass muss er wohl einsehen.

„In meinem Kopf klang das gerade noch ein bisschen anders", gibt er zu. Er hasst es, derart durcheinander zu sein. Normalerweise findet er immer die richtigen Worte, die richtige Formulierung. Das ist

Teil seines Jobs. Jetzt glaubt er, nichts davon mehr zu wissen. Er redet Unsinn und er hasst es.

„Was willst du?", fragt Theo und lacht bitter. Ihm tut es so weh, Hayes in dieser Verfassung vor ihm stehen zu sehen. Er steht dort, als wäre er total verloren. Scheiße, bevor er nach New York gegangen ist, wäre das ein Moment gewesen, indem er ihn fest in die Arme geschlossen hätte. Hayes braucht das in so einer Situation. Theo wettet, er braucht es auch jetzt. Soll Fin das doch machen! Er kann es nicht tun – auch wenn er es möchte.

„Ich weiß es nicht… ich… es…", stottert Hayes und tritt von einem Fuß auf den anderen. „Ich glaube, ich will einfach wissen, wieso du damals gegangen bist."

Theo blinzelt ein paar Mal. „Bitte? Willst du mich verarschen?" Jetzt ist er richtig wütend. Was fällt Hayes eigentlich ein, ihn das zu fragen.

„Du! Du bist der verdammte Grund, warum ich aus London weg musste!", regt er sich auf. Er will nicht daran zurückdenken, aber es hat sich in sein Gedächtnis gebrannt. Er könnte volltrunken sein und dennoch jedes einzelne Wort wiedergeben.

Hayes blinzelt ein paar Mal. „So… so schlimm war es nicht."

„Nein, überhaupt nicht", antwortet Theo sarkastisch und mit bitterem Unterton.

„Weißt du was. Du kannst mich mal. Ich werde Sasha bitten, mich in ein anderes Team zu versetzen."

„Theo, du musst nicht..." Was soll Hayes groß dazu sagen? Er dachte nicht, dass Theo es damals wirklich so gehasst hat.

Ihm treten Tränen in die Augen. Er schnieft und geht einen Schritt rückwärts. „Tut mir leid, dass du die Zeit mit mir offenbar so gehasst hast."

„Du bist so ein Arschloch. Du weißt genau, dass das nicht stimmt!", kontert Theo wütend.

Er geht zurück zu den anderen. „Ich muss weg. Tut mir leid." Er legt Geld auf den Tisch und schnappt sich seine Sachen.

„Was ist los?", fragt Declan sofort. Theo fällt nicht einmal auf, dass bereits neuer Glühwein auf dem Tisch steht. Irgendjemand scheint ihn holen gegangen zu sein, als er und Hayes draußen standen.

„Nichts. Ich muss nur nach Hause. War schön mit euch." Er lächelt kurz, um den Schein zu wahren und geht mit schnellen Schritten nach draußen.

Theo merkt nicht, dass Finley ihm folgt. Er geht einfach an Hayes vorbei und verschwindet. Fin bleibt bei dem Autor stehen. Er sieht ihn an und zieht ihn dann in eine feste Umarmung.

„Er ist ein Idiot. Und er ist es nicht wert."

„Er hasst mich", schnieft Hayes und drückt sich an Fin.

„Er hasst mich so sehr. Ich dachte… ich wusste nicht…"

„Er ist einfach nach New York gezogen, Hayes. Du solltest nicht vergessen, was er dir angetan hat", erinnert Fin ihn. Hayes schluchzt auf. Es tut unglaublich weh. Wie war das mit Alkohol als Lösung? Wohl eher als Brandbeschleuniger.

„Ich hole eben unsere Sachen, okay? Dann bringe ich dich nach Hause."

Hayes steht vor der Glühweinbude und wartet. Was hat er sich nur dabei gedacht, mit Theo sprechen zu wollen. Wieso hat er geglaubt, dass er ihn nicht wieder abweisen wird? Verdammt, er ist nach New York gezogen! Er hätte daraus lernen müssen. Es ist, als würde ihm sein Leben vorhalten wollen, wie dämlich er sich angestellt hat. Sie waren ja nicht einmal zusammen. Sie waren kein Paar, auch wenn er das lange geglaubt hat.

Fin kommt wieder zu ihm raus. „Lass uns gehen."

„Was haben die anderen gesagt?"

„Nichts. Ich meinte, wir sind morgen zum Frühstücken verabredet und wollen deswegen nicht so lange draußen bleiben. Ich glaube Daya und Majid denken, ich bin dein Lover."

„Du bist mir viel zu hetero", antwortet Hayes augenverdrehend. Fin fängt an zu lachen. „Schön, dass du deinen Humor nicht verloren hast."

Hayes lächelt traurig. „Es war dämlich, oder?"

„Du wolltest also mit ihm sprechen?"

Hayes nickt. „Ich weiß nicht einmal, wieso."

„Weil du betrunken bist, deswegen."

„Aber ich bin über ihn hinweg", widerspricht Hayes.

Fin seufzt und schüttelt den Kopf. So gerne er auch zustimmen würde, sie wissen beide, dass Hayes ganz und gar nicht über ihn hinweg ist.

„Du hast es vor dir hergeschoben. Du bist nicht über ihn hinweg."

„Scheiße."

„Ja, scheiße", stimmt Fin zu.

In der Tube lehnt Hayes sich an Fins Schulter. Er ist völlig fertig. Der Tag hat ihn ausgelaugt. Er möchte nur noch in sein Bett und schlafen. Er will sich das ganze Wochenende lang verkriechen und nicht unter seiner Bettdecke hervorkommen. Geht das? *Klar, er ist erwachsen, er kann machen, was er will.* Und Theo hat. Theo kann auch machen, was er will und das ist, nicht mit Hayes zu sprechen.

Er wischt sich über die Augen. Wie kann es nur sein, dass er Theo immer noch will? Man greift doch nicht zweimal nach demselben Gift, nachdem man daran fast zu Grunde gegangen ist. Das ist völlig irrational und bescheuert.

„Dumme Gefühle", murmelt er. Fin sieht zu ihm, kommentiert es aber nicht.

11. Kapitel

Theo kehrt in seine immer noch sehr leere Wohnung zurück. Er stellt sich unter die Dusche, mit dem Ziel, auszunüchtern. Wie konnte Hayes ihm nur so etwas vor den Kopf knallen? Das ist unter der Gürtellinie. Theo kann viel ab, aber das war zu viel. Er musste dort weg. Er schließt die Augen und legt den Kopf nach vorne. Das warme Wasser prasselt auf seinen Nacken. Er atmet tief ein und wieder aus.

Er muss Montag mit Sasha sprechen.

Er hat zu Hayes gesagt, er wird das Team wechseln. Dämlich, Lance, so unglaublich dämlich. Er hat nicht darüber nachgedacht und einen grundlegenden Fehler gemacht. Das hätte nicht passieren dürfen.

Er tritt aus dem Bad. Seine Wohnung sollte dringend eingerichtet werden. Theo ist ein Toast, putzt die Zähne und stellt sich einen Wecker. Er fährt morgen zu Ikea. Den Plan der Wohnung mit allen Maßen hat er auf dem Handy, ausmessen muss er nichts mehr.

Schrank
Schreibtisch
Schreibtischstuhl
Esstisch
Stühle
Küchenutensilien
Garderobe
Schuhschrank
Spiegel
Wäschekorb

Theo sieht auf die Liste. Das wird teuer. *Anyway*, das kann er der Versicherung schicken. Er wird sich einfach die Sachen aussuchen, die er haben will und lässt sie sich liefern. Entschlossen geht er zum Eingang. Es wird Zeit, dass er in London ankommt. Es dauert nicht lange, bis er merkt, dass er sich hätte vorher informieren sollen. Er hat keine Ahnung, in welche Richtung er möchte. Schwarz, braun, weiß? Schlicht? Shit. Er hätte sich definitiv vorher etwas überlegen sollen. Seine Einrichtungen haben sich bisher immer so ergeben, aber alles auf einmal hat er noch nie gekauft. Er hätte Declan mitnehmen sollen, der Kerl hat ein Auge für so etwas.

„Verdammt", flucht Theo und sieht wieder auf den Zettel. Wo soll er nur anfangen? Er geht durch das Labyrinth, dass Ikea als Verkaufsfläche bezeichnet. Zuerst kommt die Schlafzimmer Abteilung, da braucht er nicht viel und geht recht schnell hindurch. Wenn er jetzt anfängt, sich umzuschauen, wird er garantiert mit viel mehr aus dem Laden wieder herauskommen, als er geplant hat.

Es kommt gut voran. Er entscheidet sich für weiß, grau und schwarz, als Farben. Schlicht, ohne viel Schnick schnack. Ja, das könnte was werden. Zumindest reicht es ihm. Er kommt immer besser voran. Er kommt in der Deko-Abteilung an. Hier braucht er eigentlich nichts, nur Geschirr und Gardinen für den Balkon. Er legt das Geschirr gerade in den Wagen, als er jemanden fluchen hört.

„Scheiße."

Er sieht auf. Er sieht direkt Hayes ins Gesicht.

„Was machst du denn hier?"

„Du kaufst Geschirr?", fragt Hayes gleichzeitig irritiert. Theo verdreht die Augen. „Ja, tue ich."

Hayes hat Blumentöpfe in seinem Wagen.

„Uhm…"

„Ich sollte weiter machen. Ich habe zu tun", würgt Theo ihn ab. Hayes blinzelt ein paar Mal schnell und beißt sich auf die Unterlippe.

„Ich wollte nicht, dass das gestern so ausartet."

Theo bleibt stehen und dreht sich zu ihm um.

„Ausartet? Du hast den Mist doch angefangen", antwortet Theo ihm angespannt. Hayes nickt leicht.

„Es tut mir leid. Ich wollte nicht… das sollte nicht so enden." Er atmet tief ein und wieder aus. „Es war dumm von mir zu denken, dass wir normal miteinander reden könnten. Smalltalk oder so machen könnten."

„Smalltalk? Willst du mich verarschen?"

Ja, Smalltalk ist wohl nicht die beste Bezeichnung, das gibt Hayes zu. Er weiß allerdings nicht, wie er es sonst nennen soll.

„Du hast gestern gesagt, du fragst deine Chefin, ob du das Team wechseln kannst. Ich weiß, du hast da gerade erst angefangen, aber ich bitte dich darum, das wirklich zu tun."

„Ich versuche es", nickt Theo. Hayes nickt. Er braucht einen Moment, um weitersprechen zu können.

„Wenn du das Team nicht wechselst, bin ich weg. Ich veröffentliche dann keine Bücher mehr bei *Amrose Publishing*."

Perplex sieht Theo ihn an. Er hätte nicht gedacht, dass Hayes so weit geht.

„Du setzt mich damit ziemlich unter Druck."

„Ich weiß", antwortet Hayes ihm. Er will es nicht tun, aber er weiß, dass es besser so ist. Er hat es gestern Abend verstanden, als er im Bett lag. Er kann so nicht weitermachen.

„Ich mag es wirklich nicht, derart egoistisch zu sein, aber mit geht es nicht gut, wenn ich dich ständig sehe und mit dir zusammenarbeiten muss. Schon gar nicht nach gestern Abend. Um ehrlich zu sein, habe ich mir schon länger Gedanken darum gemacht, wollte es aber nicht tun. Deinetwegen. Nachdem du mir gestern aber deutlich gemacht hast, was du über mich denkst…naja, jetzt bin ich eben doch egoistisch."

„Nachdem ich… du hast sie doch nicht mehr alle", fährt Theo ihn an. „Arschloch."

Hayes hört es, obwohl Theo schon weitergeht. Er hört es und es tut fast so weh, wie das, was er Theo gerade gesagt hat. Er musste es tun, so kann es nicht weitergehen. Er seufzt und sucht sich eine neue, kleine Gießkanne. Immer, wenn es ihm nicht gut geht, kauft er sich neue Pflanzen. Deswegen sieht sein Balkon inzwischen aus wie ein Garten. Er war vorhin im Gartencenter und hat sich zwei winterfeste Palmen gekauft. Und eine Sonnenblume. Und einen kleinen Kaktus. Er brauchte also Töpfe.

Theo geht einfach weiter. Er sieht sich nicht noch einmal zu Hayes um. Er geht das Gespräch gestern immer wieder durch. Hayes hat recht, er muss das Team wechseln. Kann Hayes nicht einfach das Team wechseln? Das wird Sasha entscheiden. Theo hakt das Thema für heute ab. Er kann es vor Montag sowieso nicht ändern, wieso also damit befassen. So hat er das Thema rund um Hayes immer gehandhabt. Er war nicht bei Theo in New York, er konnte es also nicht ändern – wieso also damit befassen.

Hayes kommt bei seinem Auto an. Er setzt sich in den geöffneten Kofferraum und stützt sich auf seine Knie. Ihm ist schlecht. Es geht ihm so mies wie lange nicht mehr. So will er nicht Auto fahren, das könnte böse enden. Seine Wangen sind nass, schon wieder. Er will nicht mehr wegen Theo weinen, nicht mehr nach so langer Zeit. Er hat es satt, sich wegen ihm derart beschissen zu fühlen.

„Geht es Ihnen… Ach, scheiße."

Er sieht auf. Theo steht ihm gegenüber und schiebt einen vollen Einkaufswagen.

„Nein, mir geht es nicht gut, danke der Nachfrage", antwortet Hayes trocken.

Theo sollte einfach weitergehen. Er will hier verschwinden, aber seine Beine bewegen sich kein Stück.

„Willst du mich nur anstarren? Macht es dir Spaß, mir wehzutun?", fragt Hayes wütend. Er hat so viele Gefühle für Theo, ein wenig Verachtung ist inzwischen vielleicht auch dabei.

„Du bist so ein Arschloch, Hayes. Als würde es mir Spaß machen!", antwortet Theo wütend.

„Tut es aber doch!", feuert dieser zurück. „Du bist gegangen! Du bist nach New York abgehauen!"

Er sollte ihn nicht mitten auf einem Ikea Parkplatz anschreien, aber kann sich nicht mehr beherrschen. Es ist einfach zu viel geworden. All die Wut und die Enttäuschung und die Trauer hat sich jahrelang angesammelt. Es ist zu viel geworden. Es platzt aus ihm heraus, wie ein Korken aus einer Sektflasche die drei Jahre lang geschüttelt wurde.

„Du hast nicht mit mir gesprochen, du hast einfach diesen Job angenommen und bist gegangen! Zwei Tage hast du mir gelassen, um meine Sachen aus deiner Wohnung zu holen! Zwei Tage lang hast du kein Wort mit mir gewechselt und dann bist du gegangen!"

Hayes schnappt nach Luft, dann schüttelt er den Kopf. „Nein, stimmt nicht. Du hast mir noch gesagt, dass wir ja nie eine Beziehung hatten. Es war ja nur Sex und ich werde schon damit klar kommen, jemand anders finden. Ich sollte jemanden finden, der besser zu meinem Lebensstil passt als du. Weil es ja nur verdammter Sex war!"

Hayes kann nicht mehr er schluchzt auf, weint und fällt dabei fast aus dem Auto. Theo kann nicht glauben, was er vor sich sieht.

„Es ist echt uncool, dass du es jetzt so darstellst, als wäre ich das Arschloch gewesen", antwortet er Hayes nur. Er hasst es, ihn so zu sehen. Er hat es schon immer gehasst, wenn es Hayes schlecht ging. Er kam nie damit klar, hat sich immer um ihn gekümmert. Es gab warme Decken, heißen Kakao und viel Zeit zum Kuscheln. Dadurch wurde es besser, immer. Egal, welches Problem es gab, danach war es nur noch halb so schlimm. So hat er ihn noch nie gesehen.

„Geh wieder nach New York. Oder irgendwo anders hin", bittet Hayes ihn. „Ich kann nicht... ich will das nicht noch einmal durchstehen."

„Durchstehen? Du wolltest doch, dass ich verschwinde!" Jetzt reicht es Theo endgültig. Sein Plan, diesmal nicht auf Hayes' Worte einzugehen und nicht den gleichen Fehler zu machen, wie gestern Abend ist gründlich gescheitert. Das macht sein Ego einfach nicht mit. In dem Moment, in dem er den Einkaufswagen stehen lässt und auf Hayes zugeht, weiß er, dass er lieber hätte gehen sollen. Er spricht trotzdem weiter.

„Du wolltest doch etwas anderes! Du wolltest nicht mehr dieses Unverbindliche! Bitte sehr, ich habe dir die Möglichkeit gegeben! Was fällt dir ein, mich zu beschuldigen, ich hätte es kaputt gemacht! Das warst ganz allein du!"

Hayes sieht mit Tränen in den Augen, roten Wangen und laufender Nase zu Theo hoch. Der steht vor ihm und blickt ihn wütend an.

„Was? Ich wollte doch nicht, dass du gehst."

„Nein?" Theo lacht bitter. „Weißt du was, du hast recht. Wir hätten uns nie wieder sehen sollen."

Hayes laufen Tränen über die Wangen. Er kann es nicht verhindern.

„Ich wollte nicht, dass du gehst. Wieso hätte ich das den tun sollen? Ich war doch sogar der Idiot, der dachte, wir sind in einer Beziehung."

„Waren wir doch auch!", antwortet Theo ihm aufgebracht und laut. Normalerweise würde es ihn vielleicht interessieren, dass er gerade den ganzen Parkplatz unterhält, aber jetzt interessiert es ihn nicht.

„Aber du hast gesagt, es war nur Sex! Du hast einfach deinen Koffer gepackt und mir nichts von deinen Plänen gesagt!"

„Weil du mich loswerden wolltest!"

„Nein! Das wollte ich nie!", schreit Hayes zurück und wischt sich (unnötigerweise) über die Wangen. Er wollte Theo damals überraschen. Er hat Essen von seinem Lieblingsrestaurant geholt und bei ihm geklingelt. Theo hat erst nach dem dritten Versuch geöffnet. Es war wie ein Schlag in die Magengrube, als Hayes all die Kartons und die Koffer gesehen hat. Theo hatte schon angefangen zu packen und ihm nicht einen Ton gesagt. Ob er ihm wohl überhaupt etwas sagt hätte, wenn Hayes nicht mit Abendessen vorbeigekommen wäre?

„Doch natürlich! Du hast Finley doch gesagt, du willst endlich etwas Richtiges! Du hast ihm doch erklärt, dass du etwas Festes willst, etwas mit Perspektive! Du hast gesagt, du willst etwas Neues ausprobieren!"

Irritiert sieht Hayes ihn an. „Was?"

„Überraschung, ich habe es gehört, als ihr euch unterhalten habt", erwidert Theo trocken. Wie oft hat er sich gewünscht, dass er dieses Gespräch nicht mitbekommen hätte? Wie oft hat er sich gewünscht, dass er fünf Minuten später aus der Kneipe gekommen wäre.

„Wann soll das gewesen sein?"

„Eine Woche bevor ich geflogen bin, du Idiot. Tu doch nicht so, als wüsstest du es nicht."

Hayes schweigt. Theo schüttelt den Kopf.

„Du hast Finley stolz erzählst, dass du etwas Neues probieren willst, dass du dich endlich entschieden hast. Oh, und dann meintest du, dass du ganz dringend mit mir darüber sprechen müsstest."

Theo atmet tief ein und wieder aus. „Ich habe gesagt, dass wir nur Sex hatten, weil du mir so verdammt weh getan hast. Ich habe den Job angenommen, der mir angeboten und den ich quasi schon ausgeschlagen hatte, um hierbleiben zu können, weil du mich sowieso nicht mehr wolltest."

Hayes erinnert sich an den Tag. Er weiß noch ganz genau, was er zu Fin gesagt hat. Es war so viel mehr als das, was Theo gehört hat.

„Nein, das… wieso hast du nicht mit mir gesprochen?"

„So abserviert zu werden, hat mir gereicht. Danke", antwortet Theo knapp.

„Theo, bitte!"

„Nein, lass mich!" Er geht zu seinem Auto. Hayes läuft hinterher. Er wird das jetzt garantiert nicht so stehen lassen. Er wäre schön blöd, wenn er das täte.

Oh Gott, das kann doch nicht wahr sein!

„Theo!"

„Geh weg!"

„Theo, du hörst mir jetzt sofort zu!"

„Nein! Ich habe genug von dir!"

„Du bist ein verdammter Idiot! Du bist so ein Sturkopf!"

„Ich will nichts mehr mit dir zu tun haben!" Theo öffnet die Tür von seinem Leihwagen, um einzusteigen, aber Hayes knallt sie direkt wieder zu.

„Was soll das?! Bist du jetzt völlig durchgedreht?!"

„Du hörst mir ja nicht zu!"

Sie schreien sich immer noch an. Einige Leute schauen schon, aber das merken sie beide nicht. Theo schnaubt wütend.

„Geh mir aus dem Weg!"

„Erst wenn du mir zugehört hast!"

„Ich will dir aber nicht zuhören!"

„Doch! Musst du!"

„Sagt wer?"

„Ich!"

„Schön für dich! Mir ist aber egal, was du sagst!"

So wird das nichts. Hayes hält einen Moment inne und schweigt. Damit hat Theo nicht gerechnet. Diese Reaktion bringt ihn aus dem Konzept. Wieso sagt Hayes auf einmal nichts mehr? Hat er jetzt endlich seine Ruhe? Dann kann er ja fahren und endlich her verschwinden und… dann sieht er Hayes wohlmöglich nicht mehr wieder. Er presst die Lippen zusammen. Hayes bemerkt, dass er die Tür nicht öffnet. Abwartend schaut er ihn an.

„Also?"

„Was?"

„Meine Fresse. Ich fahre jetzt."

„Nein!"

„Dann sag doch, was du sagen willst. Ich will nicht ewig auf einem verdammten Parkplatz stehen!"

Hayes nickt. Er ordnet die Worte – irgendwie zumindest – in seinen Gedanken.

„Ich habe mit Fin gesprochen. Ich habe ihm das alles gesagt, aber… uhm… scheiße."

„Scheiße?"

„Du hättest das nicht mitbekommen sollen."

„Ach was. Und dann? Wie hättest du mich dann abserviert?"

„Das hätte ich nicht getan", sagt Hayes und wischt sich über die Augen. „Ich wollte dich nicht abservieren. Ich dachte, wir wären zusammen. Ich dachte, du wärst mein fester Freund. Ich weiß, dass wir nie darüber gesprochen haben, aber irgendwann bin ich davon ausgegangen." Er lächelt schief. „Wir hatten nicht einmal einen Jahrestag, also habe ich dich gehen lassen, als du mir gesagt hast, es wäre nur Sex gewesen."

„Worauf willst du hinaus?"

„Ich habe Fin damals gesagt, dass ich einen Plan hatte. Ich wollte… ich dachte…"

„Jetzt sag es doch einfach, so schlimm wird es schon nicht sein", fordert Theo genervt.

„Ich wollte dich fragen, ob wir zusammenziehen", sagt Hayes zeitgleich. Es ist raus. Er hält die Luft an. Er hat es versaut, oder? Ja, das hat er garantiert. Jetzt

ist es völlig aussichtslos. Er hat es vergeigt. Wie ein-
gefroren steht er vor Theo.

„Was?", fragt dieser irritiert. Das kann nicht sein,
das hat Hayes sich doch gerade ausgedacht. Er lügt,
das muss er.

„Ich wollte mit dir zusammenziehen. Wir hatten
beide das erste Mal feste Gehälter und gute Jobs. Mit
meinen Büchern lief es richtig gut und… ich habe
Fin gesagt, dass ich denke, dass das mit uns etwas
Festes ist, etwas mit Perspektive und dass ich den
nächsten Schritt wagen möchte. Mit dir. Ich habe
gesagt, dass ich etwas Neues möchte. Damit meinte
ich nicht, dass ich dich ersetzen will, sondern dass
ich eine große Wohnung für uns beide will, mit einem Arbeitszimmer für mich und was auch immer
du haben willst. Darüber haben wir an dem Abend
gesprochen."

Hayes schnieft und zuckt unbeholfen mit den
Schultern. „Kurz danach hast du mir gesagt, dass
das zwischen uns nur Sex gewesen sei, ich meine Sachen doch bitte abholen soll und du nach New York
ziehen wirst."

Theo weiß nicht, wie ihm geschieht. Das kann
nicht der Wahrheit entsprechen. So ist das nicht passiert. Das ist nicht, was er gehört hat. Er hat ganz

genau gehört, wie Hayes zu Fin meinte, er will etwas Neues probieren. Dass das so nicht weitergeht. Er wollte Theo nicht mehr, er wollte mit ihm Schluss machen. Er ist Hayes nur zuvorgekommen. Er schüttelt den Kopf.

„Du lügst. Das war so nicht."

„Du kannst Fin fragen."

„Der ist sowieso auf deiner Seite, das zählt nicht."

„Ich habe es sonst niemandem erzählt", antwortet Hayes. „Ich wollte erst mit dir sprechen. In meiner Vorstellung hätten wir es unseren Familien und unseren Freunden gemeinsam erzählt."

„Was?" Hayes sieht ihn nur an. Er weiß nicht, was er darauf antworten soll.

Theo weiß nicht, wie ihm geschieht. Ihm ist eiskalt und die ganze Palette an Gefühlen, die er besitzt, rast durch seinen Körper.

„Du… nein. Du hättest etwas gesagt, wenn es so wäre."

„Wann denn? Als du mir gesagt hast, ich sollte doch bitte meine Sachen aus deiner Wohnung abholen? Oder als du verkündet hast, dass du ans andere Ende der Welt ziehen wirst? Ansonsten haben wir nicht mehr miteinander gesprochen. Von heute auf morgen, war ich vollkommen irrelevant in deinem Leben."

„Ich muss darüber nachdenken." Theo weiß nicht, wie ihm geschieht. Das ist ein schlechter Traum. Wenn es der Wahrheit entsprechen würde, hätte er den Fehler seines Lebens gemacht. Er hätte nie nach New York gehen dürfen. Scheiße, er hätte mit Hayes zusammen leben können. Wohlmöglich wären sie inzwischen verheiratet. Theo setzt sich in sein Auto. Hayes steht an der Autotür.

„Ich verspreche dir, dass es die Wahrheit. Das ist es, was ich Fin gesagt habe und ich hatte keine Ahnung, was du damals gehört und wie du es verstanden hast."

„Ich melde mich", antwortet Theo nur knapp und startet den Motor. Hayes tritt von dem Wagen weg. Theo fährt weg.

Hayes hingegen sitzt noch eine Stunde hinter dem Steuer seines eigenen Wagens, bis er sich in der Lage führt, selbst nach Hause zu fahren und seine Pflanzen endlich umzutopfen.

Theo meldet sich nicht mehr an diesem Tag. Hayes wünscht es sich so sehr, aber er respektiert, wenn Theo Zeit braucht. Die braucht er auch und er weiß, dass es auch besser für ihn ist, über all das nachdenken zu können.

12. Kapitel

„Du willst mir also erklären, dass du nach New York gezogen bist, weil du *dachtest*, du würdest abserviert werden? Du hast es nicht wirklich gewusst?"

Theo verdreht die Augen. „Doch, ich wusste es. Ich habe es nur… falsch interpretiert."

„Und du warst zu stur und zu verletzt, um nachzufragen, also ziehst du einfach auf einen anderen Kontinent, um dich nicht damit auseinander setzen zu müssen", antwortet Connor ihm trocken.

„Wenn du es so sagst, klingt es scheiße."

„Ist sage nur das, was du mir erzählt hast – zusammengefasst."

Theo trinkt einen Schluck Bier und sieht sich in seiner Wohnung um. Eigentlich wollte er die Sachen, die er heute gekauft hat, schon längst alle eingeräumt haben. Hat er nicht. Die Sachen stehen in der Küche und er hat beschlossen, dass es mehr Sinn ergibt, auf die Möbel zu warten und dann alles aufzuräumen. Die sollten in ein paar Tagen bei ihm ankommen.

„So war es aber nicht. Er hat es anders gesagt, als er es gemeint hat."

„Du bist so ein Vollidiot."

„Ey! Ich habe dir das nicht erzählt, damit du mich beleidigst", widerspricht Theo genervt.

„Du hast es mir erzählt, um dir die Bestätigung zu holen, dass du keinen Fehler gemacht hast. Überraschung, das hast du aber", antwortet Connor ihm. Er hätte ihn nicht anrufen sollen. Theo hätte klar sein müssen, wie Connor auf die Story reagieren wird. Hat er wirklich gedacht, er wäre auf seiner Seite? Dämliche Annahme.

„Er hätte es mir sagen können, bevor ich nach New York geflogen bin."

„Wann? Als du ihm eröffnet hast, dass ihr zwei gar kein Paar wart, sondern es nur um Sex ging?"

Theo schweigt. Er weiß, dass Connor recht hat und er hasst es.

„Und was soll ich jetzt machen, Mr Allwissend?", fragt er ihn also und weiß, dass Connor in diesem Moment die Augen verdreht.

„Willst du ihn zurück?"

„Was?", fragt Theo irritiert. Es ist nicht so, dass er nicht darüber nachgedacht hätte, aber er ist zu meinem Ergebnis gekommen.

„Ob du ihn noch willst, mit ihm zusammen sein willst, ihn liebst."

„Schon verstanden."

„Also?", hakt Connor nach.

Er zögert. Will er das? Er ist sich nicht sicher. Er denkt an die Zeit, die er bisher mit ihm hatte. Nichts ist auch nur im Ansatz da ran gekommen. Nichts ist vergleichbar mit den Gefühlen, die er hatte, wenn er mit Hayes Zeit verbracht hat. Hat es mit Sex angefangen? Ja. Aber es war irgendwann einfach mehr. Theo weiß gar nicht genau, wann das passiert ist. Irgendwann waren sie einfach… sie. Sie waren zusammen, immer wenn die Zeit hatten. Sie haben drei oder vier Mal die Woche in einem Bett geschlafen, Hayes hat für ihn gekocht und er hat sogar zwischendurch Hayes' Pflanzen gegossen. Er hat es geschafft, sie nicht zu töten, das muss an dieser Stelle angemerkt werden. Es ist einfach so entstanden und bis zu dem Tag vor der Kneipe dachte er nicht, dass er das ändern möchte. Oder dass es je anders sein wird.

„Theo? Bist du noch dran?"

„Ja. Sorry", sagt er schnell. Er ist in Gedanken versunken und er muss aufpassen, dass das nicht wieder passiert.

„Du liebst ihn also noch."

„Was? Keine Ahnung. Wie soll ich das wissen? Wir haben uns beide verändert."

„Mag sein, aber wenn du es nicht mehr tun würdest, hättest du es schon längst bemerkt", antwortet Connor ihm, als wäre es das Selbstverständlichste der Welt.

„Und wenn ich ihn nicht mehr liebe?"

„Dann hättest du bestimmt nichts dagegen, wenn Hayes irgendwann mal seinen neuen Freund mitbringt und euch vorstellt."

„Er hat keinen neuen Freund", brummt Theo missmutig.

„Irgendwann wird er das aber."

Ein beklemmendes Gefühl macht sich in ihm breit.

„Scheiße."

„Was?" Connor grinst, das weiß Theo genau.

„Ich will nicht, dass er irgendwann jemand anderen kennenlernt."

„Da hast du deine Antwort."

„Hab ich gemerkt", brummt Theo genervt. *Scheiße. Er liebt Hayes wirklich immer noch.*

Montags ist endlich wieder Ruhe. Die Küche seiner Nachbarn ist fertig und Hayes kann wieder arbeiten, ohne sich auf die Dachterrasse des Verlags zurückziehen zu müssen. Das ist auch besser so, denn es regnet Bindfäden. Außerdem möchte er Theo nicht begegnen. Er würde gerne mit ihm sprechen, aber Theo hat gesagt, dass er sich meldet, also wartet er. Hayes möchte ihm nicht hinterherlaufen, wenn Theo ihn nicht mehr will. Darauf kann er gut verzichten. Also igelt er sich zuhause ein. Er kann nichts dagegen tun, dass er die ganze Zeit hofft, dass das Handy klingelt. Das tut es sogar, aber es ist nie Theo. Ist er enttäuscht? Natürlich, aber es ist nicht so, als hätte er nicht damit gerechnet, dass Theo sich nicht mehr meldet.

Ihm läuft das Gespräch von Samstag hinterher. Es sitzt ihm in den Knochen und er fühlt sich schlapp und kraftlos. Er möchte es nicht, aber er kann nicht verhindern, sich vorzustellen, wie es inzwischen wohl wäre, wenn sie damals vernünftig miteinander gesprochen hätten. Als Buchautor ist es sein Job, sich Situationen und Szenen auszudenken. Das ist nicht immer gut. Jetzt gerade ist es reine Selbstverletzung, aber er kann nicht aufhören. Ob Sie wohl einen Garten hätten? Dort würden garantiert einige Fußbälle herumliegen und Hayes würde ihn anmeckern, dass er doch bitte auf seine Pflanzen aufpassen soll. Er lächelt, als sich zeitgleich wieder Tränen in seinen Augen sammeln. Hätte man sie gesammelt, könnte man nach den drei Jahren inzwischen wohl ein Schwimmbecken damit füllen. Und trotzdem hat er noch Gefühle für Theo.

Freitags muss er ins Büro. Die Probedrucke für das Cover sind angekommen und Declan hat ihn gebeten, sie sich anzuschauen, bevor er sie freigibt. Hayes ist tot müde. Er schläft nicht gut und hat nicht die Kraft dazu, Yoga zu machen. Sonst macht er es zwei oder dreimal die Woche. Jetzt ist es schon neun Tage her, seitdem er das letzte Mal den Yogakurs besucht hat. Stattdessen schreibt er an dem zweiten Teil seines Buches weiter. Es ist eine schmerzhafte Liebesgeschichte, in die er all seine Gefühle legen kann. Ob es hilft oder das ganze nur schlimmer macht, weiß er nicht genau.

Er schleppt sich ins Büro. Es regnet schon wieder, oder immer noch.

„Guten Morgen", sagt Declan gut gelaunt stockt aber, sobald er Hayes ansieht.

„Was ist denn mit dir passiert? Wirst du krank?", fragt er besorgt, als er Hayes' dunklen Augenringe und sein generell sehr fertiges Erscheinungsbild erblickt.

„Mir geht es gut", lächelt er kurz und holt sich einen Kaffee. Er folgt Declan in einen kleinen Konferenzraum und sieht sich die Designs an. Die Designs sind wirklich gut und sie brauchen nicht lange, um sich final für ein Cover zu entscheiden. Declan ist sehr zufrieden und Hayes ist froh, dass er mitreden kann. So entspricht das Cover genau seinen Vorstellungen. Declan schickt es ihm aufs Handy. Erst da bemerkt Hayes, dass er noch eine Nachricht hat.

> Theo:
>
> Können wir reden?

Perplex sieht er auf den Bildschirm. Er will reden? Hayes hat die Hoffnung schon längst aufgegeben. Er hat nicht mehr damit gerechnet, dass Theo noch mit ihm sprechen möchte. Es ist fast eine Woche her, seitdem sie sich auf dem Ikea Parkplatz unterhalten haben – angeschrien haben. Er atmet tief durch und steht auf. Am liebsten würde er wegrennen und sich zuhause verkriechen, aber er weiß, dass er es bereuen würde.

Theo hat die Nachricht vor 17 Minuten geschickt. Hayes zögert und geht langsam und mit kleinen Schritten durch das Büro. Schließlich sieht er Theo an seinem Schreibtisch sitzen. Er ist in die Arbeit vertieft, zumindest denkt Hayes das erst. Dann bemerkt er, dass Theo immer wieder zu seinem Handy schielt, das neben der Tastatur liegt. Er atmet tief durch und schreibt Theo eine Antwort.

> Hayes:
>
> Dachterrasse

Hayes ist hier? Irritiert sieht Theo sich um. Er hat ihn heute noch nicht gesehen und draußen regnet es in Strömen. Er springt auf und läuft zu den Fahrstühlen. Die Türen haben sich gerade geschlossen, als er dort ankommt, aber er ist sich sicher, Hayes' Hinterkopf gesehen zu haben. *Fuck.* Kurzerhand entscheidet er sich für die Treppen und rennt nach oben. Er wird das nicht versauen. Hayes steigt gerade aus dem Aufzug, als Theo die Tür öffnet. Sie haben beide keinen Regenschirm dabei. *Scheiße.*

Theo geht auf Hayes zu. „Hi."

Hayes sieht ihn ausdruckslos an.

„Uhm… ich weiß, ich hätte mich früher melden sollen, aber… äh…", stottert Theo unbeholfen und merkt, wie seine Kleidung immer nasser wird. Hayes hat eine Regenjacke an, er nur einen Hoodie, der sich immer mehr vollsaugt.

„Ich wusste nicht, wie", bringt er schließlich heraus. *Scheiß drauf. Schlimmer kann es sowieso nicht werden.*

„Ich habe ein paar Tage gebraucht, um zu verstehen, was damals passiert ist. Ich wollte nicht einsehen, dass ich Mist gebaut habe, aber ganz offensichtlich habe ich das. Und dann dachte ich erst, es wäre zu spät, dich anzurufen. Und dann habe ich gewartet und es wurde nur noch schlimmer", redet er drauf los.

Hayes ist erstaunt, damit hätte ich nicht gerechnet. Er weiß gar nicht so genau, was er erwartet hat, aber das ganz bestimmt nicht.

„Jedenfalls ist in weniger als zwei Wochen Weihnachten und wir haben alle frei, also du natürlich auch, und das heißt, dass wir uns hier nicht über den Weg laufen. Ich dachte, dass wir das diese Woche tun und ich dich direkt ansprechen kann, aber du warst nicht hier und dann dachte ich, wir könnten nach meinem Feierabend reden. Ich wusste ja nicht, dass du doch hier bist", erklärt er seinen Gedankengang und wäre die Situation nicht so ernst und emotionsgeladen, würde Hayes jetzt vermutlich sogar darüber lachen.

„Es war dumm von mir, einfach wegzulaufen. Ich wollte nicht wahrhaben, was ich da gehört habe und bin geflüchtet und das war dämlich und feige und – hätte ich damit direkt mit dir gesprochen und dich gefragt, was das bedeutet, wäre es anders gelaufen. Das wäre ich nicht nach New York gegangen. Als ich dir damals gesagt habe, dass ich ein unschlagbares Angebot bekommen hätte, was das gelogen. Ich hätte den Job natürlich abgelehnt aber dann... es war eine Panikreaktion, denke ich. Und es war natürlich auch gelogen, als ich dir gesagt habe, dass wir nur Sex hatten und dass es nie etwas Ernstes war. Ich wollte nicht zugeben, wie sehr es mich verletzt hat. Ich weiß, dass ich wirklich Mist gebaut habe. Es tut mir leid."

Er atmet tief durch. „Ich bin nicht gut darin, mich mit Problemen auseinander zu setzen."

„Das warst du noch nie", bemerkt Hayes und schnell und kräftig klopfendem Herzen. Theo hängen die nassen Haare in der Stirn und er möchte sie so gerne weg streichen. Regentropfen fallen auf seine Haut und tropfen von seiner Nase und seinem Kinn nach unten. Er ist klitschnass, aber das interessiert ihn nicht. Hayes hingegen denkt direkt, dass Theo sich wieder eine Erkältung einfängt, wenn er noch lange hier so steht. Ob er sich wohl irgendwann mal keine Sorgen mehr um Theo machen wird?

„Ich hätte auch mit dir reden können. Ich hätte darauf bestehen müssen, dass wir miteinander sprechen und dich nicht einfach gehen lassen", antwortet Hayes ihm. Er bereut es, dass er Theo hat einfach so umziehen lassen. Theo zuckt mit den Schultern.

„Ich habe miese Sachen gesagt."

„Und ich hätte wissen können, dass du es nicht wirklich so meinst", erwidert Hayes. Theo weiß nicht, ob er da zustimmen kann, oder nicht. Er gibt Hayes keine Schuld an all dem hier. Er hat es verbockt.

„Was bedeutet das für uns?", will er zögerlich, fast schon schüchtern, wissen. Hayes zuckt mit den Schultern.

„Ich weiß es nicht." Theo verzieht den Mund und denkt nach. *Ich weiß es nicht*, bedeutet nicht, dass er völlig ausschließt, ihn zurückzunehmen, oder? Oder interpretiert er das wieder falsch?

„Du… also heißt das, ich würde theoretisch noch eine Chance bekommen, wenn ich danach fragen würde?" Er kommt sich vor, wie ein dämlicher Teenager, aber ohne eine Antwort, wird er dieses Dach nicht verlassen. Er ist sowieso schon bis auf die Knochen nass.

„Vielleicht. Ich habe es nie mit wem anders versucht, falls du darauf hinaus möchtest. Ein paar kurze Situationships, ein bisschen Sex, aber nie mehr", antwortet Hayes ihm und Theo verzieht das Gesicht, als er hört, dass Hayes Sex mit anderen hatte.

„Ist bei mir auch so", sagt er aber dann. Er hatte Sex. One-Night-Stands, um ganz genau zu sein. Mehr nicht. Mehr kam für ihn nie in Frage, denn er wusste, es würde sowieso nie jemand an Hayes heranreichen.

„Willst du mich denn fragen?", möchte Hayes von ihm wissen. Theo nickt. Auf jeden Fall möchte er das. Hayes will sich nicht zu sehr freuen, aber er kann gegen dieses Gefühl nichts tun.

„Okay."

„Du… was? Wirklich?"

„Wenn du nicht plötzlich wieder umziehst und verschwindet."

„Werde ich nicht!", antwortet Theo sofort. Nein, wird er nicht. Den Fehler macht er garantiert kein zweites Mal.

„Also… ähm… ein Date? Willst du Essen gehen oder… scheiße."

„Scheiße?"

Theo flucht laut und geht einige Schritte. „Meine Möbel sind gestern angekommen, ich wollte sie eigentlich dieses Wochenende aufbauen. Aber das kann ich natürlich verschieben! Wann hast du denn Zeit? Hast du dieses Wochenende überhaupt Zeit?"

Hayes schmunzelt. „Wir können auch einfach deine Möbel aufbauen und dabei reden. Ich brauche kein teures Essen oder irgendein aufregendes Date."

„Du willst mir helfen, meine Möbel aufzubauen?", fragt Theo überrascht.

„Sonst würdest du garantiert die Anleitung nicht lesen und alles kaputt machen", grinst Hayes. Theo will widersprechen, lässt es dann aber sein. Sie wissen beide, dass Hayes recht hat.

„Und jetzt geh wieder rein, du wirst krank."

„Werde ich nicht."

„Wir gehen jetzt rein, du trocknest dich so gut es geht ab und ich mache dir einen Tee. Sonst werde ich nicht zu dir kommen morgen", entscheidet er und Theo geht sofort zum Fahrstuhl.

13. Kapitel

Hayes ist sich sicher, dass Theo nicht an Snacks gedacht hat. Also hat er kurzerhand ein paar Cupcakes gebacken. Theo hat ihm gestern direkt die Adresse geschickt. Hayes ist unglaublich nervös, als er auf das Klingelschild drückt.

„Zweite Etage!", ruft Theo ins Treppenhaus und Hayes atmet tief durch. *Sie bauen nur Möbel auf. Sie werden heute nicht heiraten.* Sein Herz sieht das etwas anders. Theo im Büro zu sehen hat ihn ja schon die ganze Zeit durcheinander gebracht, aber sich jetzt mit ihm privat zu treffen, ist ein ganz anderes Level. Theo steht an der Tür und sein Bein zuckt nervös. Diesen Tick hatte er schon immer.

Hayes kommt die Treppe nach oben. Theo lächelt. Gott, ist er süß. Hayes' Herz flattert bei dem Anblick. Er weiß genau, dass Theo es nicht mag, süß, genannt zu werden. Aber manchmal ist er das einfach. So wie jetzt gerade.

„Hi, komm rein." Er geht zur Seite. Die Wohnung ist hell und schön groß. Allerdings steht das ganze Wohnzimmer voller Kartons.

„Du hast echt gar keine Möbel, oder?"

„Wie denn auch?", antwortet Theo und zuckt mit den Schultern. Verwirrt sieht Hayes ihn an. Sollte er wissen, wieso Theo das antwortet?

„Hast du alles in New York gelassen?" Er zieht die Schuhe aus und legt die Jacke weg.

„So könnte man es auch nennen", murmelt Theo. Hayes sieht ihn fragend an und Theo weiß, dass Hayes jetzt nicht locker lassen wird.

Er seufzt. „Meine Wohnung ist ausgebrannt."

„Bitte was?" Nun wechselt Hayes' Gesichtsausdruck zu geschockt. Er glaubt nicht, was er da hört.

„Ausgebrannt? Wie bitte? Bist du deswegen zurück in London? Ist dir dabei etwas passiert, geht es dir gut?", will er sofort wissen.

„Ja, mir geht es gut, Hayes. Ich war nicht da, als es gebrannt hat", beruhigt er ihn schnell und öffnet den ersten Karton. Es ist der Esstisch.

„Ich war bei Connors Halloweenparty. Wir haben in den Nachrichten gesehen, dass ein Wohnhaus brennt. Es war meins. Alles war ausgebrannt, also habe ich eine Zeit lang bei Connor gewohnt", erzählt er ihm.

„Dann habe ich mich betrunken auf einen Job und eine Wohnung in London beworben. Tja, hier bin ich."

„Du warst betrunken?"

„Ich wollte sowieso früher oder später zurück nach London. Ich mag New York, aber das hier ist mein Zuhause", antwortet Theo ihm und gibt Hayes die Anleitung. Er würde sie sowieso nicht lesen.

„Und du hast gar nichts mehr?"

„Ein Danny Zuko Kostüm, das hatte ich nämlich an", grinst Theo und kippt die mitgelieferten Schrauben in eine kleine Schale.

„Oh Gott, das ist ja grauenhaft."

„Es geht schon. Die wichtigsten Sachen waren in meinem Tresor und der war zum Glück feuerfest." Er sieht zu der schwarzen Kiste. Er braucht einen neuen Tresor.

„Mein Visum und so etwas", fügt er hinzu.

Hayes sieht die Kiste an. „Glück im Unglück."

Theo nickt resigniert. Und Fotos. All die Fotos von früher, die er behalten hat. Er konnte die Bilder von Hayes und ihm nicht wegschmeißen, es ging einfach nicht.

„Ich wusste nicht, dass du deswegen zurück gekommen bist. Ich hätte fragen können."

„Mir geht es gut, Hayes. Vielleicht war es ja alles Timing."

„Dass deine Wohnung abgebrannt ist?", fragt er irritiert.

„Ja Sonst hätte ich meine alten Möbel noch und du würdest hier mit mir nicht diesen Tisch zusammenschrauben."

Beindruckt sieht Hayes ihn an.

„Was ist?", fragt Theo verwundert.

„Du bist so optimistisch. So positiv."

„Ist das etwas schlechtes?"

„Ich finde es bemerkenswert. Ich wüsste nicht, ob ich das kann", erwidert Hayes

„Ich hätte schlecht weiter bei Connor pennen können", sagt Theo schulterzuckend und sie drehen den Tisch. Es funktioniert erstaunlich gut und Theo stellt fest, dass sie in gutes Team sind. Und er merkt, dass er die Nähe zu Hayes sucht. Er weiß nicht, wie weit er gehen kann, also hält er sich zurück. Er würde ihn gerne umarmen und noch lieber küssen, aber er will nichts überstürzen. Sie reden seit nicht einmal 24 Stunden wieder normal miteinander, das will er nicht kaputt machen.

Der Esstisch steht und weiter geht es mit einem Schrank für das Wohnzimmer. Er steht.

„Wofür brauchst du den Schrank eigentlich?", fragt Hayes ihn.

„Zeug."

„Zeug?" Theo seufzt und nimmt die schwarze Kiste. Er öffnet sie und holt seine Papiere raus. Dann hält er inne. Hayes geht zu ihm. Er sieht, was dort drin ist und stockt.

„Du… das war in deinem Tresor?"

Theo zuckt zusammen. Er hat nicht damit gerechnet, dass Hayes sich so nah zu ihm stellen wird. Er nickt stumm und schiebt die Fotos zusammen.

„Ich hätte nicht gedacht… ich wusste nicht…", stottert Hayes überfordert und nimmt einige Fotos raus. Er kennt nicht einmal alle Bilder. Theo hat sie die ganze Zeit behalten? Er hatte einen Tresor, um darin Fotos von ihnen zu lagern? Hayes glaubt es kaum. Dann sieht er etwas, was ihn noch mehr umhaut. Unter den Fotos liegen Bücher. Es sind seine Bücher, die unter dem alten Pseudonym erschienen sind. *Was?*

„Du…"

„Ja. Aber ich habe sie ehrlichgesagt nicht gelesen. Es war mir zu heftig." Hayes schmunzelt. Ja, seine Thriller haben es in sich. Dann fällt ihm etwas ein.

„Kann ich dich etwas fragen?" Theo zuckt mit den Schultern, dann nickt er. Hayes nimmt die Bücher heraus und fängt an, sie in das Regal einzuräumen. Er mag es, wie sie im Regal aussehen.

„Letztens hat deine Chefin dir angeboten, dir ein Buch mitzubestellen."

„Das hast du gehört?"

Hayes nickt.

„Ich habe auch gehört, dass du gesagt hast, du willst keins meiner Bücher", fügt er hinzu.

„Stimmt irgendwie", gibt Theo zu. „Ich habe mir deine Bücher bestellt, als ich betrunken war, Überraschung. Ich hatte sie alle in London gelassen, als ich ausgezogen bin, aber wenn ich besoffen war, habe ich es bereut. Alle paar Monate war es ein anderes und dann hatte ich alle. Von *Ed Ward* wusste ich nichts, sonst hätte ich die wahrscheinlich auch. Ich habe ein paar gelesen, aber bei dem Roman du den jetzt geschrieben hast… Das ist etwas anderes als ein Thriller. Ich wollte keine romantische Geschichte lesen, die du geschrieben hast."

Hayes lächelt. „Und wie ist es jetzt? Würdest du sie jetzt lesen?"

Theo zuckt mit den Schultern. „Vielleicht. Ich lese eigentlich keine Bücher."

„Ich weiß", antwortet Hayes und geht auf Theo zu.

Sein Herz klopft ihm bis zum Hals und er hofft, dass es in Ordnung ist, was er nun vorhat. *Einfach mutig sein,* sagt er sich gedanklich. Theo bleibt stehen. Ihm weiß nicht, wie ihm geschieht. Hayes streicht ihm vorsichtig durch die Haare und sofort werden seine Knie weich und sein Herz randaliert. *Oh Gott, er hat Hayes so sehr vermisst.*

„Okay?", fragt Hayes leise. Theo nickt überfordert. Er weiß gerade nicht viel, er kann auch nicht klar denken, aber das weiß er ganz sicher. Das hier ist definitiv in Ordnung.

Hayes kommt ihm näher. Er sieht auf seine Lippen und lächelt. Wie lange ist es her, seitdem er Theo so nah war? Dann hält Theo es nicht mehr aus. *Scheiß drauf.*

Er küsst Hayes. Überrascht seufzt dieser auf. Er wollte Theo doch gerade küssen. *Whatever.* Theo legt einen Arm um Hayes' Taille und zieht ihn zu sich. Er geht einige Schritte und drückt ihn gegen die nächste Wand. Hayes lässt ihn machen. Er will einfach nur noch, dass Theo nicht mehr aufhört. Er will, dass sie all die Küsse nachholen, auf die sie die letzten Jahre verzichtet haben.

„Tut mir leid, was das zu schnell?", fragt Theo dann und möchte einen Schritt zurück machen, aber Hayes zieht ihn wieder zu sich heran.

„Nein, war es nicht. Küss mich noch einmal."

Scheiß auf die Möbel, denkt Theo sich. Das kann er auch morgen noch machen. Er küsst Hayes wieder und wieder. Er fühlt sich endlich wieder vollständig und kann nicht genug von Hayes zu bekommen.

„Jetzt haben wir einen Jahrestag", sagt Hayes grinsend und drückt viele kleine, süße Küsse auf Theos Lippen.

„Haben wir?", fragt Theo schmunzelt und spielt mit einer Hand mit Hayes' Locken. Er hat sie abgeschnitten, aber es steht ihm so unglaublich gut.

„Es sei denn, du willst nicht", antwortet Hayes ihm.

„Halt die Klappe. Du weißt genau, dass ich will", murmelt Theo an Hayes' Lippen und küsst ihn wieder.

Sie bauen tatsächlich noch etwas auf. Theo verdrückt einige der Cupcakes, die Hayes gebacken hat und Hayes signiert heimlich die Bücher, als Theo kurz im Bad ist. Es kann nicht sein, dass sein Freund – *Himmel, er ist wirklich sein Freund* – Bücher von ihm hat, die nicht signiert sind. Theo bemerkt es nicht und Hayes fragt sich, wann er es wohl entdecken wird.

Sie bestellen Abendessen und trinken ein paar Gläser Wein. Morgen bauen sie den Rest auf und sie beschließen außerdem, dass Hayes nicht dort übernachten wird. Das wäre zu früh. Theo findet es scheiße, aber er weiß, dass er nicht widerstehen könnte, wenn Hayes neben ihm im Bett liegen würde. Hayes geht es nicht anders. Aber sie küssen sich, immer und immer wieder.

„Ich bin froh, dass du zurückgekommen bist", sagt Hayes irgendwann. Sie sitzen auf dem Sofa in einer Decke gekuschelt. Theo drückt Hayes einen Kuss auf die Locken. Hayes kuschelt sich daraufhin näher an ihn. Theo lächelt. Hier gehört er her. Das hier ist genau richtig.

„Liebling?" Hayes sieht zu Theo hoch. Er blinzelt ein paar Mal, aber jetzt ist es endgültig vorbei. Irritiert und besorgt sieht Theo ihn an.

„Was ist? Hayes, was ist los?"

„Du hast mich wieder so genannt, wie früher."

„Was?" Theo versteht nicht, was passiert ist. Wie hat er ihn genannt?

„Liebling?", fragt er nach und Hayes nickt glücklich.

„Ja."

Theo lächelt und atmet erleichtert auf. Es sind kleine schlechten Tränen. Im Gegenteil.

„Gewöhn dich dran, Liebling." Er küsst ihn.

„Wie willst du es im Büro machen?", fragt Theo sonntags, als sie den Rest zusammenbauen. „Immerhin hältst du dein Privatleben sehr privat."

„Du überlässt die Entscheidung mir?", versteht Hayes überrascht. Theo nickt. „Klar. Wenn es nach mir gehen würde, würde ich es jedem erzählen."

„Das kannst du gerne tun", grinst Hayes zufrieden. Er wird garantiert nicht weiter so tun, als würde er Theo nicht immer und überall küssen wollen.

„Und an Weihnachten?", fällt Hayes ein.

„Ich bin bei meiner Familie, schätze ich", erwidert Theo schulterzuckend. „Und du?"

Hayes zögert. Dann antwortet er: „Bei Fin. Meine Schwester ist aktuell nicht da und meine Eltern sind über Weihnachten in den Urlaub gefahren. Sie wollten das schon lange einmal tun und Josephine und ich haben es Ihnen zum Hochzeitstag geschenkt."

„Finley mag mich nicht."

„Das ändert sich schon noch", antwortet Hayes zuversichtlich. „Sicher?"

„Er muss."

„Mhm." Hayes mustert ihn skeptisch. „Worüber denkst du nach?"

„Wieso erkennst du das so schnell?"

Er schmunzelt. „Ich kenne dich eben ziemlich gut."

Theo verdreht die Augen und stöhnt genervt, bevor er zugibt: „Schön. Ich habe darüber nachgedacht, wie es wohl wäre, wenn ich dich Finley wegnehme und einfach Weihnachten mit zu uns nehme."

„Du willst…"

„Ja", unterbricht er ihn entschlossen. „Wir haben einiges auszuholen. Unter anderem Weihnachten."

Hayes fängt an zu grinsen. „Das werden wir ihm schon irgendwie klar machen. Früher oder später werdet ihr euch wieder gut verstehen", sagt er optimistisch.

„Wenn du das sagst", murmelt Theo.

„Er ist mein bester Freund. Du musst mit ihm klarkommen."

Theo seufzt. „Ich weiß." *Und das ist es definitiv Wert.*

14. Kapitel

„Wir werden zusammen essen."

Hayes sieht Theo irritiert an. „Was?"

Theo lässt sich nicht von ihm beirren, schließlich ist er mit der Tür ins Haus gefallen und hat mit so einer Reaktion gerechnet.

„Ich war gestern Abend einkaufen und werde heute kochen", antworte er ihm entschlossen. Es war eine spontane Idee, als er im Supermarkt stand. Kurzerhand hat er sich die Zutaten zusammengesucht und gekauft. Er wusste zu diesem Zeitpunkt nicht einmal, ob Hayes Zeit hat.

„Du willst kochen? Du kannst nicht kochen", erinnert Hayes ihn. Hat Theo heute Morgen etwas schon getrunken, oder wieso kommt er auf so eine Idee? Dabei setzt er wohlmöglich noch seine Küche in Brand. Und die ganze Wohnung direkt mit. Er ist sich wirklich nicht sicher, ob er Theo nicht von dieser Idee abbringen sollte.

„Hast du denn schon Rauchmelder in der Wohnung angebracht?"

„Danke für dein Vertrauen", antwortet Theo trocken. Hayes schmunzelt. Er merkt sofort, dass Theo weiß, dass diese Frage nicht unbegründet ist.

Hayes nimmt die inzwischen gefüllte Kaffeetasse unter dem Automaten weg und öffnet den Schrank.

„Seit wann steht dort Zimt?", fragt er verwundert.

„Heute Morgen", antwortet Theo direkt. Den Zimt hat er gestern auch gekauft.

„Du trinkst deinen Cappuccino in der Weihnachtszeit doch noch mit ein bisschen Zimt, oder? Wenn nicht, ignoriere das einfach und tu so, als wäre der für etwas anderes."

„Du hast deswegen… wirklich?", fragt Hayes überrascht und lächelt glücklich. Theo nickt. Hayes würde ihn jetzt gerade so gerne küssen, aber sie haben noch nicht mit Sasha gesprochen. Das möchten sie machen, bevor sie offen zeigen, dass sie zusammen sind. Allerdings ändert das nichts an der Tatsache, dass Hayes ihn gerade unglaublich gerne küssen würde.

Zufrieden sieht Theo dabei zu, wie Hayes ein wenig Zimt auf den Milchschaum des Cappuccino streut und einen Schluck trinkt. Ein wenig Milchschaum bleibt auf seiner Oberlippe kleben und sofort hat er das Bedürfnis, mit dem Daumen darüber zu streichen. *Fuck.* Er kann Hayes nicht widerstehen. Er muss das – zumindest im Büro – in den Griff bekommen.

„Hast du heute Abend Zeit?", fragt Theo dann und lenkt wieder auf das eigentliche Thema zurück.

„Ich könnte um sieben Uhr bei dir sein", antwortet Hayes ihm. Theoretisch könnte er auch direkt nach der Arbeit mit zu Louis fahren, aber zum einen möchte er noch duschen und zum anderen denkt er darüber nach, Kleidung für morgen mitzunehmen. Wäre das überstürzt? Er hofft wirklich, dass es Theo nicht zu schnell geht. Seine Selbstbeherrschung ist langsam, aber sicher aufgebraucht. Er hat ihn so lange vermisst, er möchte nicht länger warten. Viel lieber wäre es ihm, so viel Zeit mit ihm wie möglich zu verbringen. Bitte, lass es Theo auch so gehen, denkt er sich.

„Gut, dann werde ich heute Abend für uns kochen", sagt Theo und bemerkt (natürlich) Hayes' Blick.

„Wirklich. Ich werde nicht bestellen", stellt er klar und wundert sich darüber, dass Hayes nicht versteht, was er kochen wird. Es gibt immerhin nur ein Gericht, bei dem er sich sicher ist, dass er weder jemanden vergiften wird, noch dass seine Küche dabei zugrunde geht.

Hayes sieht sich um. Niemand ist in Sichtweite. Also drückt er Theo einen kurzen, süßen Kuss auf die Lippen. Dann nimmt er sich seine Tasse und verlässt die Mitarbeiterküche.

Theo ist so gut gelaunt, dass Declan skeptisch wird. Auch Majid ist etwas verwundert, wieso Theo die ganze Zeit grinst, als wäre er betrunken, aber niemand spricht ihn an. Theo merkt das nicht. Er ist vollkommen in seiner Weihnachts-Liebes-Wolke eingehüllt. Er fühlt sich dort wohl, also wieso dieses Gefühl nicht genießen?

Nach der Arbeit fährt Theo direkt nach Hause. Der Wein steht schon seit gestern kalt und obwohl er es normalerweise gar nicht leiden kann zu kochen, hat er sich den ganzen Nachmittag darauf gefreut, damit anzufangen. Er schneidet die Tomaten (einigermaßen) gleichmäßig und singt dabei zu der Musik mit, die er angestellt hat. Er hat dieses Gericht so oft gekocht, dass er es auswendig kann. Bei einem der ersten Dates mit Hayes wollte er ihn beeindrucken und da Hayes irgendwann mal in einem Nebensatz erwähnt hat, dass er es attraktiv findet, wenn jemand kochen kann, hat Theo sich ein Tutorial zu einem Gericht herausgesucht und nachgekocht. Es ist geglückt, auch wenn seine Küche danach aussah, als hätte er mindestens ein fünf Gänge Menü gekocht. Hayes hat es geschmeckt und das ist die Hauptsache.

Er schaut auf die Uhr. Hayes wird in einer halben Stunde hier sein. *Perfekt.* Das Hühnchen ist im Ofen und in zehn Minuten legt er die dünn geschnittenen Tomaten und die Mozzarellascheiben darauf. Der Mozzarella zerläuft durch die Hitze über den

Tomaten, die auf dem Hühnchen liegen und sobald er leicht Gold wird, kann man die Auflaufform aus dem Ofen holen. Dazu gibt es Kartoffeln und etwas frischen Dip. Theo ist heilfroh, dass der Esstisch schon steht. Er stellt ein paar Kerzen auf und deckt den Tisch. Er dimmt das Licht und kurz bevor es an der Tür klingelt, stellt er den Ofen aus.

„Hi, komm rein", lächelt er und tritt einen Schritt zur Seite. Hayes betritt die Wohnung und sofort erkennt er den Geruch.

„Du hast Hühnchen mit Mozzarella gemacht", versteht er und ihm wird warm in der Brust.

„Was dachtest du denn?", erwidert Theo amüsiert.

„Stimmt, ich hätte wissen müssen, dass du das kochst", grinst Hayes und Theo streckt seine Hand nach ihm aus. Hayes legt seine hinein und lässt sich zu Theo ziehen. Einen kurzen Moment sieht dieser ihn einfach an.

Theo kann nach wie vor nicht so richtig glauben wie ihm geschieht. Er hat Hayes tatsächlich wieder. Das ist jetzt schon das beste Weihnachten seit sehr langer Zeit – und es ist noch nicht einmal Weihnachten. Er küsst ihn liebevoll. Hayes seufzt auf und seine Augen schließen sich wie von selbst.

Theo besteht darauf, dass Hayes am Tisch wartet, sodass er ihm das Essen servieren kann. Er bringt ihnen zuerst zwei Gläser Wein und holt dann die Teller.

„Ich hoffe, es schmeckt dir", sagt er und setzt sich.

„Wenn du es so wie immer gekocht hast, dann garantiert", antwortet Hayes und hebt sein Glas. Sie stoßen an und Theo kann nicht anders, als seinen Blick kurz zu Hayes' Lippen gleiten zu lassen.

„Bleibst du heute Nacht hier?", fragt er, ohne weiter darüber nachzudenken. Hayes trinkt einen Schluck und stellt das Glas wieder weg. Er hat nicht damit gerechnet, dass Theo ihn so direkt und so früh am Abend schon fragen wird.

„Möchtest du, dass ich bleibe?", weicht er aus.

Theo zuckt mit den Schultern. „Ich möchte nicht, dass du das Gefühl hast, ich würde dich unter Druck setzen."

Hayes schmunzelt zufrieden. „Das würde ich dir sagen", versichert er ihm und ist nun sehr froh, dass er sich Kleidung für morgen mitgenommen hat.

„Ich bleibe gerne."

„Du musst nicht, wenn du nicht..."

„Ich habe dich vermisst", unterbricht er Theo kurzerhand.

„Letztes Mal hat es mich schon sehr viel Selbstbeherrschung gekostet, abends nach Hause zu gehen. Ich würde es wieder schaffen, es du das möchtest, aber das muss nicht sein, oder? Es ist mir nicht zu schnell und ich habe den Eindruck, dir auch nicht."

„Scheiße, nein!"

Hayes lächelt glücklich. Auf diese Antwort hat er gehofft. Er probiert das Hühnchen und fühlt sich sofort wieder drei Jahre zurückversetzt. Etwas länger, wenn man es genau nimmt. Er wird dieses Gericht immer mit Theo verbinden.

„Es schmeckt wunderbar."

„Und meine Küche steht noch. Sie sieht sogar ziemlich ordentlich aus", antwortet Theo zufrieden. Sein Herz klopft wie verrückt. Er hatte echt Schiss, dass er es versaut hat und das Essen Hayes nicht schmecken könnte. Aber so ist es nicht, auch nach so langer Zeit kann er zumindest dieses eine Menü noch kochen.

Sie trinken je noch ein Glas Wein und leeren damit die Flasche. Hayes kuschelt sich an ihn und Theo zieht die Decke etwas höher, die er über ihre Beine ausgebreitet hat, als sie vom Tisch aufs Sofa gewechselt sind. Er streicht Hayes durch die Haare.

„Ich habe mit meiner Mum gesprochen", sagt Theo irgendwann. „Sie hat gesagt, sie heißt dich immer herzlich bei uns willkommen."

Überrascht sieht Hayes ihn an. „Du hast ihr von uns schon erzählt?"

„Ich wollte das mit Weihnachten abklären. Sie rechnen jetzt damit, dass du meine Begleitung sein wirst und hoffen, dass ich es nicht schon wieder versaue", erzählt Theo. „Hast du es Finley schon gesagt?"

Hayes schüttelt den Kopf. „Noch nicht, aber das mache in morgen, okay?"

„Natürlich", nickt Theo und legt seinen Zeige-finde seitlich unter Hayes Kinn. Er dreht seinen Kopf ein Stück, sodass er ihm in die Augen schauen kann. Und sodass er ihn küssen kann. Hayes lächelt glücklich, als Theo ihm näher kommt und seine Lippen auf seine eigenen legt. Theo zieht Hayes näher zu sich heran und setzt sich ein wenig auf. Hayes Hände legen auf Theos Schulter und seiner Brust. Er spürt genau, wie sein Herz darunter kräftig und schnell schlägt. Kurzerhand setzt er sich aus Theos Schoß. Er drückt sich näher an seinen Freund. Warten wird überbewertet.

Theo stöhnt auf, als Hayes auf einmal anfängt, seinen Hals zu küssen. Fuck, das hat er nicht erwartet. Zufrieden mit dieser Reaktion, lächelt Hayes und macht weiter. Er findet Theos Sweetspot sofort wieder.

„Verdammt... Liebling."

„Zu schnell?", fragt Hayes ihn sicherheitshalber.

Theo denkt nicht mehr nach. Er lässt sich von seinen Gefühlen leiten und hebt Hayes hoch. Instinktiv legt dieser die Beine um Theo und hält sich gleichzeitig an seinen Schultern fest.

Theo stößt die Tür zum Schlafzimmer auf und lässt Hayes in der Mitte des Bettes nieder. Er möchte gerade fragen, wie weit Hayes gehen will, als dieser eine Hand an seinen Nacken legt und ihn zu sich zieht, um ihn zu küssen. Sein Verstand ist augenblicklich ganz weit weg. Alle seine Sinne richten sich auf Hayes aus, der sich erregt unter ihm windet. Himmel, dieser Anblick ist wahnsinnig schön. Er öffnet sein Hemd und streicht es ihm von den Schultern.

„Verdammt", flucht er leise und mustert seinen Freund. Hayes zupft an seinem Shirt. „Zieh das aus."

Wie könnte Theo da ablehnen? Sein Shirt fällt neben das Bett und er wendet sich wieder Hayes zu, der ihn erwartungsvoll ansieht.

„Ich möchte alles. Ich will nicht warten. Ich weiß, wie es ist, mit dir zu schlafen und das haben wir viel zu lange nicht getan", sagt er geradeheraus.

Wie recht er damit hat, denkt Theo und öffnet Hayes' Hose. Er küsst dabei immer wieder seine Brust und seinen Bauch. Er küsst seine Oberschenkel und neckt ihn, als er seine Short von den Beinen zieht und zur Seite wirft. Er möchte, dass Hayes jeden Augenblick genießt.

Hayes berührt Theo überall. Er hat das Gefühl von seiner Haut unter seinen Fingern so lange nicht gespürt. Er zieht ihm näher zu sich, küsst ihn und seine Fingerspitzen gleiten über Theos Rücken. Es hat sich nicht verändert, er reagiert immer noch sehr empfindlich darauf. Theo stützt sich mit einer Hand neben seinem Kopf ab. Hayes schiebt seine Hand darunter und ihre Finger verschränken sich.

Theo so wieder zu spüren, löst in Hayes eine Flutwelle der Gefühle aus. Zu der immer stärker werdenden Lust und dem vorherrschenden Verlangen nach seinem Freund, gesellt sich das Gefühl, endlich wieder dort zu sein, wo er hingehört. Er ist wieder zuhause. Er ist angekommen. Theo zu spüren, ihn zu hören und zu riechen und zu schmecken... es ist, als wäre alles um sie herum verschwunden.

Er klammert sich an Theo, stöhnt und keucht und schnappt nach Luft. Und eine ganze Weile später schläft er eng an seinen Freund gekuschelt und immer noch nackt ein.

15. Kapitel

Fin ist skeptisch. Er ist sehr skeptisch, als er erfährt, dass Hayes Theo noch eine Chance gegeben hat. Declan freut sich für die beiden, aber er weiß auch nicht, was damals wirklich passiert ist. Er erfährt es direkt in der Woche danach.

„Du grinst so glücklich. Das ist mir die letzten Tage schon aufgefallen."

„Darf ich nicht?", fragt Theo Declan lediglich und die Aufzugtüren schließen sich. Er mustert ihn skeptisch. „So glücklich habe ich dich ewig nicht gesehen."

Theo zucke mit den Schultern. „Vielleicht, weil wir uns ewig nicht gesehen haben", kontert er. Declan verdreht die Augen und antwortet: „Du weißt doch genau, was ich meinte."

Die Türen öffnen sich wieder und sie betreten das Büro. Hayes kommt heute her. Am liebsten würde Theo jede einzelne Minute mit ihm verbringen. Er hat das Gefühl, er muss einiges Aufholen. In dem Moment, als ihm bewusst wurde, dass sie es tatsächlich noch einmal versuchen, hat sich ein Gedanke in seinem Kopf festgesetzt. Er hat so viele Geburtstage und Weihnachtsfeiern verpasst, dass er ihm beim nächsten Mal je ein Geschenk für jedes Jahr machen wird. Und da er sich grundsätzlich nicht allzu sehr verändert hat, hat er schon mehr als genug Ideen. Heute nach der Arbeit wird er die ersten Geschenke für Weihnachten besorgen. Danach bringt er die Einkäufe schnell nach Hause, zieht sich um und führt Hayes zum Essen aus. Er würde ja noch einmal kochen, aber immer das Gleiche zu essen ist langweilig. Und außerdem spielt mit dem Gedanken, mit Hayes danach noch auf den Weihnachtsmarkt zu gehen. Ja, heute wird ein guter Tag.

Das Wetter ist gut, also wird Hayes vermutlich wieder auf der Dachterrasse sitzen. Theo macht sich einen Tee und Hayes einen Cappuccino. Er füllt ihn in eine Thermoskanne um (die er eventuell von zuhause mitgebracht hat) und nimmt sich einen der abgepackten Kekse. Während sein Tee zieht, geht er nach oben.

„Guten Morgen."

Hayes sieht von seinem Laptop auf. Er ist dick in seine Decke eingepackt. „Hey", sagt er lächelnd. Theo tritt an den Tisch und stellt den Cappuccino mit etwas Zimt hin.

„Du bist süß", kommentiert Hayes diese Geste und trinkt einen Schluck.

„Wenn dir zu kalt ist, sag Bescheid", meint Theo dann. Er fröstelt schon, wenn er nur wenige Augenblicke hier draußen steht.

„Mir geht es gut, danke", erwidert Hayes glücklich. Er hat Theos kleine Gesten vermisst. Er liebt es, umsorgt zu werden. Wie gut, dass Theo genau das gerne tut. Er will Hayes jeden Wunsch von der Stirn ablesen. Und wenn es eben ein heißer Cappuccino am Morgen ist, der ihn glücklich macht, bringt Theo ihm eben den. Sie wissen beide, dass Hayes das gleiche für ihn tun würde, wenn Theo als erstes im Büro wäre – und draußen arbeiten würde. Das wird er nicht, schon gar nicht im Winter. Da wird er nur krank.

„Declan hat bemerkt, dass ich anders drauf bin", fällt Theo ein. Verwundert sieht Hayes ihn an. „Inwiefern?"

„Er meinte, ich bin glücklicher."

„Darf ich das als Kompliment auffassen?", fragt Hayes kokett grinsend. „Natürlich", antwortet Theo und setzt sich für einen Moment neben seinen Freund. Freund. Himmel, sein Herz klopft immer noch unglaublich schnell, wenn er daran denkt. Hayes nimmt die Finger von der Tastatur und wendet sich Theo zu. Er küsst ihn sanft. Seine Lippen sind kalt, aber Theo stört das nicht. Er zieht Hayes zu sich und küsst ihn so lange, bis er langsam daran zweifelt, ob es nicht auffällt, dass sein Tee schon kalt in der Küche steht.

Bis mittags läuft der Tag normal. Dann kommt Declan wieder zu Theo. „Raus mit der Sprache."

„Was?", fragt Theo irritiert und sieht von seiner Arbeit auf.

„Darf ich raten?"

„Tu dir keinen Zwang an", erwidert Theo schulterzuckend.

„Ihr habt euch endlich ausgesprochen." Declan trifft direkt ins Schwarze.

„Ist das so auffällig?", will Theo verwundert wissen. Declan zuckt mit den Schultern. „Wenn man euch beide kennt, ja. Hast du schon mit Sasha gesprochen?"

Verdammt. Nein, das hat er allerdings noch nicht. Hayes will die Beziehung nicht geheim halten – nicht dass Theo das wollen würde – aber damit das geht, muss er es seiner Chefin sagen. Er steht auf und geht geradewegs auf ihr Büro zu. Besser früher als später.

Er klopft an.

„Herein", antwortet Sasha. Theo atmet tief durch und betritt den Raum.

„Hi. Ich muss mir dir über etwas sprechen."

Sie deutet ihm, dass er sich setzen soll.

„Hayes und ich kennen uns von früher", sagt er direkt. Es bringt nichts, lange drum herumzureden. Er muss es sowieso irgendwann aussprechen, auch wenn das bedeutet, dass er sich überwinden muss. Er möchte diesen Job behalten, aber er möchte nie wieder von Hayes getrennt sein. Er hofft so sehr, dass sich das kombinieren lässt.

„Okay?" Fragend sieht Sasha ihn an. „Betrifft das die Arbeit und deine Leistung?"

„Ich weiß es nicht", antwortet Theo ehrlich. „Ich möchte nur das Beste für ihn", stellt er direkt klar.

„Allerdings sind wir… waren wir…", stottert er und setzt dann noch einmal neu an. „Wir sind zusammen. Das waren wir früher schon einmal, bevor ich nach New York gegangen bin. Wir möchten es beide hier nicht geheim halten, deswegen sage ich es dir jetzt. Ich weiß nicht, ob irgendwas dagegen spricht, aber ich hoffe, dass das in Ordnung geht."

„Damit habe ich nicht gerechnet", antwortet Sasha und überlegt einen Moment. „Ich wäre eine schlechte Chefin wenn ich es dir verbieten würde, mit demjenigen zusammen zu sein, den du liebst. Wenn deine Leistung weiterhin gut bleibt, lasse ich dich in diesem Team, wenn nicht, werden wir eine Lösung finden. Dann wirst du dich in Zukunft einfach um andere Autoren und Autorinnen kümmern."

„Meine Leistung bleibt gut", stellt Theo sofort klar. In diesem Moment klopft es an der Tür. Es ist Hayes.

„Was kann ich für dich tun?", fragt Sasha ihn entspannt.

„Störe ich gerade? Besprecht ihr gerade etwas?"

Theo schüttelt den Kopf. „Komm rein, Liebling."

In dem Moment, als Theo in Liebling nennt, weiß Hayes, dass er bereits Sasha über die Situation aufgeklärt hat.

„Es ist in Ordnung", sagt diese und Hayes atmet erleichtert auf. Er setzt sich neben Theo und schiebt die Finger zwischen seine.

„Danke. Ich hatte wirklich keine Lust darauf, schon wieder den Verlang wechseln zu müssen."

Sasha nickt verstehend und wiederholt die Bedingungen, die sie Theo gerade genannt hat. Sobald Hayes und Theo das Büro verlassen, küsst Hayes ihn. Es wird wunderbar, mit ihm zu arbeiten.

Kurz vor Weihnachten kommen die Bücher im Verlag an. Das Erste bekommt Hayes, natürlich. Sie packen den Karton gemeinsam aus. Theo bereut es inzwischen ein bisschen, dass er kein Buch haben wollte. Hayes blättert es durch. Er ist sehr zufrieden. Dann nimmt er einen Stift und signiert die Bücher des Teams. Theo steht unbeholfen daneben. Natürlich bemerkt Hayes das. Er schmunzelt, nimmt eins der Bücher und schlägt es auf. Er schreibt etwas rein und gibt es Theo.

„Du glaubst doch nicht, dass du keins bekommst."

„Ich wollte keins."

„Und wie ist es jetzt?", fragt Hayes. Er weiß doch genau, dass Theo eins möchte.

„Ja. Schon", gibt dieser zu und nimmt das Buch an. Hayes beobachtet ihn. Er will seine Reaktion sehen. Theo betrachtet das Cover. Es ist blau und grün geworden und erinnert ein wenig an nordische Polarlichter.

Blue Memories.

Den Titel kennt er zwar, aber es so zu sehen, macht es erst richtig real. Er schlägt es auf.

In der Hoffnung, dich eines Tages wiederzusehen.

„Kommt da nicht normalerweise die Widmung hin?", fragt er irritiert Hayes nickt. Theo blättert eine Seite weiter. Dort hat Hayes signiert. Nein, er hat nicht nur signiert, er hat etwas geschrieben.

Ich hätte nie gedacht, dass dieser Wunsch in Erfüllung geht, aber da du dieses Buch jetzt hast, ist es tatsächlich passiert. Die Widmung kann ich nicht mehr ändern, aber du sollst wissen, dass dieses Buch für dich ist.

In Liebe.
Ed Ward

Danksagung

Eigentlich sollte diese Geschichte nur ein kleiner Adventskalender werden, den ich online veröffentliche. Es ist inzwischen das fünfte Jahr in Folge, in dem ich einen Adventskalender schreibe, aber bisher waren es 24 Kurzgeschichten, anstatt einer etwas längeren Geschichte. Dieses Buch ist aus zwei dieser Türchen entstanden, die ich letzten Jahr geschrieben und sehr viel positive Rückmeldung dazu bekommen habe. Daher gilt mein erster Dank an alle, die meine Adventskalender in den letzten Jahren gelesen haben. Ohne euch hätte ich dieses Buch nicht geschrieben – geschweige denn veröffentlicht.

Je länger diese Geschichte wurde, desto sicherer war ich mir, dass ich es nicht nur online veröffentlichen möchte. Recht schnell habe ich es an meine Testleser*innen gegeben und auch sie mochten es sehr. Vielen Dank an dieser Stelle also natürlich auch an euch!

Und wie bei meinem bisherigen Büchern natürlich auch, danke ich meinen Freunden, die sich immer wieder meine Ideen zu diesem Buch angehört haben, obwohl ich sie bestimmt schon ein dutzend Mal erzählt habe.

Hat dir das Buch gefallen?

Dann hinterlasse gerne eine Rezension bei:

Books On Demand,

Thalia.de

und/ oder

Amazon.de

Die Autorin

Lea Busch trat 2022 mit ihrem Debutroman *Sunflower – The Story Of A Hedgehog* in die Öffentlichkeit. Die Trilogie inzwischen veröffentlicht worden, nachdem sie einige Jahre online auf der Plattform Wattpad zu lesen waren. Weitere Rohversionen ihrer Geschichten sind dort zu finden – unter anderem die Adventskalender der letzten Jahre.

Neben ihrer Tätigkeit als Autorin, ist Lea Busch Studentin und hat dieses Jahr ihren Bachelor in Kommunikations- und Multimediamanagement gemacht.

Du möchtest mehr über die Autorin erfahren?

Schau hier vorbei:

Instagram: autorin.leabusch
TikTok: autorin.leabusch
Wattpad: rainbow_rays

Bibliografische Information der Deutschen Nationalbibliothek:
Die Deutsche Nationalbibliothek verzeichnet diese Publikation
in der Deutschen Nationalbibliografie; detaillierte bibliografische
Daten sind im Internet über http://dnb.dnb.de abrufbar.

© 2023 Lea Busch
Lektorat: Lea Busch
Korrektorat: Lea Busch
Illustration: Lea Busch
Herstellung und Verlag: BoD – Books on Demand, Norderstedt
ISBN: 9783758316418